Minas do Ouro

Frei Betto

Minas do Ouro

Romance

Rocco

Copyright © 2011 by Frei Betto

Direitos desta edição reservados à
EDITORA ROCCO LTDA.
Av. Presidente Wilson, 231 – 8º andar
20030-021 – Rio de Janeiro – RJ
Tel.: (21) 3525-2000 – Fax: (21) 3525-2001
rocco@rocco.com.br
www.rocco.com.br

Printed in Brazil/Impresso no Brasil

preparação de originais
MARIA HELENA GUIMARÃES PEREIRA

CIP-Brasil. Catalogação na fonte.
Sindicato Nacional dos Editores de Livros, RJ.

B466m	Betto, Frei, 1944-
	Minas do ouro/Frei Betto. – Rio de Janeiro: Rocco, 2011.
	14x21cm
	ISBN 978-85-325-2689-2
	1. Romance histórico brasileiro. I. Título.
11-3981	CDD-869.93
	CDU-869.134.3(81)-3

Para Bartolomeu Campos de Queirós, nascido, como eu, na mesma terra mineira, no mesmo ano, no mesmo mês, no mesmo dia, e condenado, como eu, à mesma sina: escrever.

Em homenagem aos 300 anos (1711-2011) de fundação de Ouro Preto, Mariana e Sabará.

"Aquelas serras na aparência feias,
– dirá José – oh quanto são formosas!
Elas conservam nas ocultas veias
a força das potências majestosas;
têm as ricas entranhas todas cheias
de prata, ouro e pedras preciosas."

Alvarenga Peixoto, *Canto genetlíaco*

Sumário

	Prenúncio................	9
APONTAMENTO UM	Entradas................	11
APONTAMENTO DOIS	Bandeiras................	41
APONTAMENTO TRÊS	Ouro................	69
APONTAMENTO QUATRO	Guerra................	81
APONTAMENTO CINCO	Revolta................	109
APONTAMENTO SEIS	Diamante................	133
APONTAMENTO SETE	Triunfo................	139
APONTAMENTO OITO	Diamante................	153
APONTAMENTO NOVE	Conjuração................	167
APONTAMENTO DEZ	Aleijadinho................	185
APONTAMENTO ONZE	Morro Velho................	207
APONTAMENTO DOZE	Burton................	239
	Epílogo................	269

Prenúncio

Sobeja em mim esta região desfronteirada: a memória. Nela encontro abrigo, alívio das dores, socorro nas aflições; nela retempero os dias que me restam. Sou, agora, movido a saudades. Jovem, mirava o futuro, embebido em sonhos. Hoje, prenhe de nostalgias e em idade provecta, viro-me ao passado. Ao desabrigo do ontem, alvoreço em reminiscências. Tempos fundos e profundos. Talvez não me sobre vida para, um dia, escrever a história de minha família. Por ora, quase desterrado de mim, apenas transcrevo, em forma de apontamentos, o desfecho do misterioso mapa que trafegou, de geração em geração, pelos tortuosos galhos da árvore genealógica dos Arienim.

Confesso: a memória alinhava recordações, as evocações comovem, o coração transborda. Agarro o intricado novelo da saga dos Arienim e o desfio na linha do tempo. Dos fragmentos apurados – com largos hiatos entre épocas e personagens –, quase tudo se concentra em um retalho de delimitado espaço e inusitada história: as Minas Gerais.

APONTAMENTO UM

ENTRADAS

Do que me foi dado apurar alcanço apenas o aquém-mar, desde que os portugueses aportaram nestas terras brasílicas convencidos de ser aqui o desmundo. Atolaram-se no equívoco. Pululava, matas adentro, indiada incontável, gente abrasiliada há séculos, outro mundo. Do alto de naus e caravelas descendeu a iberada lusitana calcada na arrogância. Trazia o pau de fogo em uma das mãos e a Bíblia na outra. Tinha os indígenas na conta de desculturados, desprovidos de luzes e letras, mais próximos a bichos que a homens. Faltou tino aos aportados. O que a mente não vê os olhos não enxergam. Fossem menos obtusos, teriam captado: a povoada selvática exalava tanta cultura quanto os súditos manuelinos do outro lado do oceano. Só que diferente, nem pior, nem melhor – outras línguas, outros costumes, outros jeitos. Saber desescrito de livros; porém gravado no alarido dos macacos, na correnteza dos rios, na palma dos coqueiros, no sutil deslocar das formigas prenunciando inundações, nos rituais cujas fogueiras respondiam crepitantes aos acenos da lua cheia.

II

O tesouro de Fulgêncio Arienim – herança e quimera de família – se insinuava numa frase incompleta gravada em documento que lhe fora entregue, no cais de Salvador, por um oficial inglês apunhalado por Raimunda Abunda, puta afamada por seu proeminente traseiro. Irava-se se branquelo estrangeiro ria-se dela em língua arrevesada. Foi o que a levou a afundar a lâmina fria no coração do dito. Tamanha destreza com arma branca já havia mandado outros às cucuias. Se tinha por alvo homem branco, mirava o coração, flácido como manteiga. Porque negro trazia o coração empedrado de tanto ódio acumulado, devido à sujeição; então, nele, preferia a jugular, do jeito de decapitar galinha para servir à cabidela. Mulato, enfiava no umbigo, de modo a derramar vísceras.

Por aquelas vielas escuras, bafejadas por cheiros entrecruzados de peixe, suor e merda, Fulgêncio Arienim esbanjava sem-vergonhices. Ainda tentou acudir a nobre criatura ao vê-la estrebuchar qual porco sangrado. O inglês tinha os olhos voltados à escuridão do mar, cujas espumas se descabelavam na murada do cais. Deus lhe fixara o limite do tempo. À vítima só restou um olhar de crepúsculo, o breve sussurro de poucas palavras e o gesto de estender ao meu ancestral um canudo de couro.

Em vista do sucedido e do presente recebido, Fulgêncio Arienim consultou Maria da Luz, mãe de seus três filhos le-

gítimos – os varões Herculano e Prudêncio, e a fêmea Teodora. Tomada de presságios, a mulher o alertou:
– Livra-te do negócio de muares.
Ora, a dar-lhe ouvidos, de que haveriam de viver?
– Não temas – aconselhou –, também pressinto as oscilações do mercado. Em breve há de haver substancial queda na cotação dos muares. Com o crescente aumento da importação de negros da África, os quadrúpedes hão de dar lugar a escravos.

Fulgêncio Arienim andava mesmo fatigado do ofício de muladeiro, tantos os dissabores a descompensar-lhe o esforço. Deu trela aos pressintos da mulher. Haveria ela de desvendar-lhe os desígnios divinos? Se a razão se empoleira em cabeça de homem, a sabedoria cria asas em intuição de mulher. Com seus olhos de esmeraldas, Maria da Luz leu no fundo da caneca: apressasse ele em abdicar dos equinos. Obscura, porém, a certeza de fiar-se no conteúdo do canudo inglês...

Apesar das dúvidas, Fulgêncio Arienim apeou-se do negócio de cavalos e mulas arrendados a tropeiros e caravanas intrometidos sertão adentro. Amarrou a sina no toco das pedras. Há um par de anos declinava seu interesse por muares. Sabe-se como é o comércio... maré desprevenida, ora acima, ora abaixo, surpresando sempre. Éguas se encontravam facilitadamente; a dificuldade residia nas jumentas, de modo a gerar mulas prestativas aos engenhos de açúcar, ao vaivém de mercadorias, aos carregamentos de armas e munição.

Suas mulas chegavam a cobrir, em passo decidido, mais de sessenta quilômetros por dia, embora isso lhe onerasse, devido ao aumento constante do preço das forragens. Pra fazer figura, mantinha ereto seu orgulho de homem das bestas; a renda, entretanto, minguava, as dívidas engordavam, os credores roçavam-lhe os calcanhares. Entre seus animais, destacavam-se três mulas parideiras. O fenômeno atraía curiosos e desacreditados das mais perdidas lonjuras. Veio até um monsenhor que, na contramão de Jesus, sermoniava que as prostitutas haveriam de entrar no reino dos céus *cum mulat peperit* – quando a mula parir, ou seja, jamais. No entanto, três pariram, sem que meu ancestral atribuísse a milagre.

Malgrado os cuidados, os animais alugados quase nunca retornavam. Engolia-os a densa mata, afogavam-se na travessia dos cursos d'água, eram apossados pelos brasis. Os gentios salteavam os brancos desprevenidos, mas nunca no corpo a corpo. Atacavam em bando de vinte ou mais flecheiros, armando ciladas. Abriam buracos ao longo das trilhas, entupiam suas gargantas de afiados espinhos e encobriam as bocas com esteiras encabeladas de ramos e folhas. Espertos, se besuntavam de barro e, cobertos de folhagens, despistavam olhares. Aquelas entranhas sulinas da Bahia se conheciam por "boca do inferno". A espessa vegetação, entrecortada por requebrantes percursos de água, tragava quem nela se atrevesse a penetrar. Suscitava apreensões nos mais destemidos desbravadores. Ainda assim, eles se multiplicavam. Batiam à porta de Fulgêncio Arienim à procura de montarias: cavalos para levar a gente fidalga, burros e mulas para transportar cestos e arcas carregados de provisões. De fiança, a palavra de honra, o fio de barba, o aperto de mãos... Contava tão escasso o dinheiro arrecadado quanto o milho a alimentar seus equinos.

Se Fulgêncio Arienim não tivesse apeado do negócio de cavalgaduras, a história de minha família teria se desembestado por tantos declives e abismos? Deus o sabe. É fato, surrupiavam-lhe animais, por vezes retalhados em nacos assados em espetos de bambu para desfomear os comboios atacados pelos índios. Surgidos por encanto das folhagens, dos troncos, das copas de vasta sombra, eles se apoderavam dos suprimentos. Sem contar as caravanas engolidas pela boca dos desrumos daquelas selvas, os desprevenidos tragados pela turbulência das águas de rios e ribeiros, os tropeiros perdidos de quem deles pudesse dar notícias – exceto os retornados no desabrigo dos fantasmas montados em balões de fogo no tempo da estiagem.

As pedras cascalhadas da região das Minas não exigiam mais que bolsos e bolsas. Mas uma serra inteira a espocar na mente e rebrilhar nos olhos, como a que despontava no imaginário da gente, nunca se havia visto.

– Se viu foi ilusão – desconfiava Maria da Luz.

Mulher de sabenças, a alvura de sua pele contrastava com a do marido, morena e rígida como casca de goiabeira. Ela, mais feita de ossos que de carnes e de estatura pouca, passos curtos, olhos verdes engastados no rosto arredondado, cabelos encaracolados pousados no ombro estreito; ele, grandalhão, áspero, as mãos graúdas, calosas, o ventre acentuado, a boca volumosa sob o nariz de ventas dilatadas.

Vislumbrava Maria da Luz a natureza humana espelhada na borra de café pousada no fundo da caneca. Ali enxergava, com nitidez meridiana, o caráter, a alma, as intenções de seus consulentes. Vivia a praguejar que bicho gente tem olho gordo, não é como os outros, aliviados da sina da inveja:

– Do futuro só se sabe o fruto semeado no passado – advertia os que iam ao seu encontro em busca de desaflição. – A memória não é de adivinhamentos, não desvela o amanhã nem se antecipa ao depois, nutre-se do ontem e do antes. No máximo, o coração pressagia, a intuição desconfia, o faro aspira prenúncios.

Agora, frente a seu homem decidido a abraçar nova ocupação, acautelava-se em prudências; dispunha-se, contudo, a orientar-lhe os passos. A troca dos muares por metais mudava o ofício, não o caráter; o apetite da ambição se fazia gula nele. Embora condescendente – se assim se pode dizer de quem aceita o destino como pena inelutável – ela não tinha olhos apagados, bem sabia das artesas dele, das bocas que beijava, dos seios que tocava, das saias que despia. E até dos filhos procriados ao deus-dará. Do fundo de sua caneca de estanho, a borra do café despertava-lhe suspeitas e aguçava-lhe pressentimentos. Murmurava, a quem lhe desse ouvidos, que o Criador fizera duas realidades invisíveis aos olhos humanos: Ele próprio, resguardado no mais alto dos céus, e pedras de valor, entranhadas no mais fundo da terra. A Deus, dizia ela, se alcança pela virtude da fé; as pedras, pelo vício da fome de riqueza.

III

Fulgêncio Arienim se deixou atrair pela procura de metais preciosos ao ver, em Salvador, tantos olhos ressaltados brilharem à simples menção de esmeralda, safira, diamante e, sobretudo, ouro. Ah, o luxo e seus adornos! Quantos refinados espíritos vergados à simplória vaidade de ter seus corpos pontuados de coloridas pedrinhas cujo valor, por tão raras, refulgia mais ao olhar alheio que a própria luz emanada do mineral! No rastro da obsessão de tesouros desdificultosos, embicou-se no rumo do palácio do governador-geral, disposto a inscrever-se na expedição prestes a partir ao encalço das pedras que, na certeza que se lhe apossara, haveriam de apaziguar a ira dos credores e abrir-lhe as portas da Corte.

As visões do Paraíso o hipnotizavam. No fundo daquelas matas a fortuna habitava à espera sobeja de quem se desse ao trabalho de extraí-la. As quimeras cegavam-lhe, formigavam-lhe as mãos, queimavam-lhe os pés, aguçavam-lhe a cobiça. Mormente quando adicionadas de falaços que lhe soavam procedentes.

Da Corte lisboeta às senzalas baianas, geografiava-se na cabeça da gente a América portuguesa como um outro Peru. Corria a notícia de que Sua Majestade almejava obter, na América portuguesa, infindáveis riquezas minerais, a exemplo dos sucessos da América hispânica, cujas minas de prata e ouro locupletavam os cofres da Coroa espanhola.

– Abrace o anseio de Sua Majestade e trilhe o caminho das pedras – recomendou-lhe Maria da Luz. – Não me fio em montanhas reluzentes, mas quem sabe deste mapa nos venha melhor fortuna – acrescentou ao se referir ao enigmático papel deixado pelo inglês.

A indiada transluzia alvíssaras com seus atalhos, dava por aqui o acolá, sugeria ter visto raios de sol petrificados no ventre da terra, descrevia a fusão das cabeças dos rios da Prata e Amazonas numa lagoa profunda de águas vertidas das escarpas andinas. Aprumava-se ainda a notícia de o São Francisco se emberçar nas minas que imprimiam às suas águas transparência argentina.

IV

Assim, nos entremeios daqueles primeiros anos de presença portuguesa, a ganância atiçou o espírito de quem deu ouvidos aos ecos do eldorado. Tomé de Souza, governador-geral, escreveu a Dom João III: "Aqui abundam açúcares, madeiras excelentíssimas como o pau-brasil, ouro, esmeralda e ferro, algodão, pimenta, gengibre e outros frutos, com habitantes tão bem acomodados à saúde e à vida, além do ar saudável e da frescura das águas, que se El-Rey se mudasse para o Brasil faria uma loucura muito acertada."

Embora propenso à sensatez, El-Rey aturdia-se em dúvidas. Dava crédito à douta opinião de Aristóteles de que zona tórrida não é propícia a homens e roças, devido ao excessivo calor provocado pelo fato de o sol por ali trafegar duas vezes ao ano, aquentando cabeças e cultivos. Contudo, em Lisboa, às régias orelhas fervilhavam notícias de que, do outro lado da linha de Tordesilhas, os espanhóis viam o solo escancarar-se em gargantas entulhadas de ouro e esmeralda. Em se tratando de minérios, os raios solares serviam apenas para abrasá-los.

Dom João III fez saber a Tomé de Souza que, em menos de vinte anos, os espanhóis arrancaram dos astecas, no México, e dos incas, no Peru, catorze toneladas de ouro; a prata jorrava do ventre do Cerro Rico de Potosí, no Alto Peru, e no vale do rio Minero abundavam esmeraldas. Ordenou, pois, a Tomé de Souza cuidar de explorar a nascente do São Francisco.

Autorizado pelo governador-geral – que punha um pingo de fé e um oceano de interesses no desbravamento daqueles territórios inóspitos, a fim de se lhe ampliarem domínios e fortuna –, Fulgêncio Arienim abandonou em Salvador mulher, filhos, amásias e a montanha de dívidas a esmagar credores. De seus animais, já se havia desfeito de vacas parideiras, novilhos e garrotes, bois carreiros e bestas muares. Restou-lhe um cavalo. Com ele, incorporou-se à expedição comandada por Francisco Bruza de Espinosa. O castelhano adquirira, no Peru, a arte de localizar e desencavar pedras preciosas. Desentelharam-lhe as têmperas: uma montanha de esmeraldas! Em meados dos Quinhentos, bem provido do necessário, embrenhou-se nas matas; saiu da Vila de Porto Seguro conduzido pelo curso do rio Pardo, rumo à cabeceira do São Francisco.

Por zelo às almas, segundo uns; por imperiosidade de incluir um olho vigilante, suspeitavam outros, o governador adicionou à comitiva o padre Juan Cuelta, espanhol fogoso, afamiliado às línguas dos naturais. De pernas abertas sobre o lombo de sua montaria, cantava em reto tono e ocupava-se em redigir compêndios religiosos ao se distrair de espionar para a Coroa espanhola. Sua concupiscência por pedras preciosas superava a avidez que impelia o comboio sertão adentro. Era dos que oferecem a Jesus o incenso e a mirra, e embolsam o ouro. Preferia acumular riquezas na Terra a méritos no céu.

Malgrado as reticências de Maria da Luz, embevecia meu ancestral o sonho de encontrar uma montanha que, por cima e por baixo, por dentro e por fora, aclives e declives, fosse toda esmeraldas. O capelão o esconjurava, embora andasse também acossado pelo demônio, arrebatado pela lascívia que torna o ouro pegajoso à alma.

Lá foram eles no encalço de trilhas abertas pelos índios e levados pelo rio Pardo no rumo do São Francisco. Avançavam à força de bravos, buscavam gargantas e desfiladeiros para vencer os montes elevadíssimos e os matos espessíssimos que lhes cegavam o dia. Alcançaram o Jequitinhonha, cruzaram o Araçuaí, arrancharam no Tejuco.

Ali, sorrateiro, descosturada a manga da camisa, Fulgêncio Arienim consultou o remendo de papel que herdara do inglês assassinado no cais de Salvador. Com a mente impregnada de fulgurações, evadiu-se da comitiva. Quem sabe encontraria na natureza circundante a correspondência aos indícios contidos no mapa contendo frase e desenhos incompletos.

Enfrentou a sós trabalhos, fomes e riscos de vida, castigado de dia por nuvens de marimbondos e pela inclemência do sol e, à noite, pelos bichos peçonhentos, muitos deles venenosos. Retornou pelo rio Pardo até confundir o curso das águas com um ribeirão fedegoso que o fez ziguezaguear pela mata, desavisado dos rumos. Então se perdeu da rota e das ideias. Mais o fez sofrer ver-se apartado de Maria da Luz. Ali, não lhe podia ouvir os conselhos, as admoestações, os avisos prenhes de sabedoria. Gravara-se nele a impressão de que, mais do que fidelíssima esposa e mãe, era ela, em forma de mulher, a personificação de sua consciência.

Decorrido um par de semanas, encontraram-no destituído de si.

V

Do cocuruto de uma ladeira de Salvador, as vistas embolavam, multiplicavam sombras, duplicavam seres, retorciam colunas, viam bailar no ar os balcões projetados sobre a praça. Uma dor nas têmporas ardia os miolos de quem insistia em fixar atenção.

O balanço preguiçoso atiçou a impaciência daquela gente:
– Vem lá o quê? Um catre andante? Liteira descabeçada? Chalupa que criou pernas? – indagava o aglomerado atencioso.

A aflição turvava as vistas. Tudo parecia obnubilado. Aos poucos, graças à aproximação, as sombras ganharam formas. Eis que, acercado o cortejo e desembaçada a visão, vislumbrou-se melhor: um cavalo, quatro escravos, um estirado. Defunto? Se gente morrida, sim; se bugre matado, cadáver. Vai que ferido ou enfadado de viagem... Quem sabe mais uma vítima das febres terçãs que acometiam os que se atreviam a violar os segredos da mata.

Adentraram a praça em passo processional. Traziam os semblantes tristes como aquela manhã de Quarta-feira de Cinzas. Pouca ou nenhuma atenção teriam despertado se os quatro fabulosos cativos não ladeassem a maca de bambu, forrada de ramos de palmeira, apoiada na firmeza das mãos. Atrás, empescoçado numa corda, o cavalo trotava cabisbaixo. Via-se e ouvia-se não se tratar ainda de um enterramento. Sobre o leito de fibras, fisgado pelo anzol da derradeira, Fulgêncio Arienim se retorcia em gemidos. Os olhos desorbitavam. Moribundo, debatia-se, revirava os músculos, tentava romper as cordas que lhe aprisionavam os ânimos. De sua língua derramava-se espessa baba. Tinha braços e pernas amarrados às hastes de bambu. Serpente em cativeiro, o resto do corpo se enroscava em torno da coluna. A boca salivava impropérios.

A chuva miúda realçava o brilho do dorso nu dos carregadores da maca. O dia era umbroso, como os que sucedem aos festejos de Momo. Manhã de culpas e penitências, rezas e ladainhas, pecados declarados e inconfessados. A gente saída da missa trazia na testa o selo das cinzas, e na mente, o carnaval como festa do demo. O simples engasgo da cuíca atiçara destemperos nas moças; a virtude se esvaíra em suores, o corpo esquentara, a cabeça se derretera. E o resguardo da máscara fizera com que a mais casta donzela se aproasse em meretriz depravada.

Sobre os homens, do alto do púlpito da matriz o frade apregoara:

– É da natureza deles cavalgar as mais sórdidas fantasias. Basta mirar um pé bem torneado, a mão suave, o olhar brejeiro, e eis que a porteira se abre e a cavalada, ávida, se desembesta pelos prados do vício. Muitos não se atrevem a sair à rua, acompanhar o corso, enfileirar-se no cordão. Ainda assim é carnaval em suas mentes putrefatas, carcomidas por apetites indecorosos, pela voracidade orgiástica que faz a besta sobrepujar-se ao humano. O sujeito fica ali no seu canto, escuta ao longe o rufar dos tambores e o silvo dos apitos, mas os miolos fervem no caldeirão de Lúcifer. Porque a mente mente, voeja, aparta-se de si. Se o cristão é desses entrevados na teia dos escrúpulos, fica refém das próprias fantasias que, se não fazem a bonança do corpo, favorecem a lambança da alma.

E ao chegar este dia de Cinzas é aquele peso na consciência, já que o diabo calou-se, silenciado pela clausura dos festejos. Deus agora irrompe da morada dos mortos, faz ouvir Sua voz poderosa e, em Sua infinita misericórdia, aceita, embora ofendido, a contrição do séquito de arrependidos.

A igreja cuspia à rua fiéis cabisbaixos, arqueados sob o peso das culpas, enquanto a estranha comitiva escalava a ladeira rumo ao Pelourinho.

– Homens são fortes para encher a boca de voz grossa e contar seus feitos, bem-feitos e malfeitos, mas covardes nas dores e dissimulados nos amores – comentou uma velha de seios debruçados na janela de um sobrado.

– Bem fez o bom Deus ao confiar às mulheres o privilégio de parir – rebateu a vizinha que, encovada sob o véu preto, retornava da missa com as contas do rosário derramadas entre os dedos.

– Homem não teria paciência para deixar avolumar o ventre e, lá dentro, sentir o bebê se desdobrar – afirmou a que varria a calçada.

– Macho chora à simples ameaça de um sofrer abrandado – completou a vendedora de cocadas.

Dessorado, Fulgêncio Arienim subia entre lamúrias. Seus gritos desafiavam trovoadas, as lágrimas pareciam adensar a chuva. Doutor Samuel acercou-se. De dentro da maca o paciente fitou-o enviesado, como se comparasse aquele olhar de compaixão ao seu desespero. O médico reconheceu, por trás do rosto macerado de feridas, o almocreve: lábios grossos, olhos angulosos, orelhas ressaltadas. Modelavam-lhe as faces suíças largas, barba disforme, cabelos desgrenhados. O corpo fedia a sangue putrefato.

VI

Após o médico indicar o local adequado ao pouso, contaram-lhe os escravos ter o desgraçado sido encontrado próximo à Fazenda Santa Genoveva, às margens do rio Pardo, desprovido de homens, animais e razão. Febril, trazia olhos dilatados, respiração agônica, fala delirante.

Por muito que o doutor vergasse o corpo sobre o leito e o inquirisse, não deu notícias de como se perdeu, nem dos escravos que o acompanhavam, das bestas de carga ou dos sucessos da viagem. Monocórdio, apenas repetia:

– A serra brilha, enorme... esmeraldas, safiras, diamantes... tudo resplandece...

Maria da Luz se deu a cuidar dele. Recolhida à cozinha, misturou na panela uma colher de sopa de café, outra de açúcar e uma xícara de água. Em fogo brando, aguardou três fervuras. Derramou o café na caneca de estanho e deixou descansar enquanto lavava a panela e a colher. Em seguida, bebeu-o vagarosamente, concentrada a mente em rogações. Ao esvaziar a caneca, tapou-a com um pires e virou-a com um movimento brusco. Aguardados minutos, observou o formato da borra nas paredes e no fundo da caneca, e tirou conclusões. Viu pontinhos esverdeados sobressaírem no negrume da borra – delineavam a Serra das Esmeraldas.

Recobrado, o marido manifestou estranhamento ao vê-la entretida em indagações.

– Nosso viver – ela disse – é uma escrita; não se grava em papel, e sim no fluxo imponderável dos dias, numa caligrafia incerta, tortuosa, segundo gramática de imprecisões. O presente é o infinito em movimento. Tudo se desenovela à medida que se vive, até chegar ao ponto final.

Havia ele chegado ao ponto final? Toda a existência humana, trabalhos e queixumes, benditezas e malvadezas, tudo se resumia, aos olhos dela, àquele ponto final. De tanto se fixar no ponto, ela deu de relembrar a história do marido de trás para frente, como sói acontecer com mulher viúva em cujo coração não cabe outro senão aquele que se foi. E essa escrita não se faz com o raciocínio; se faz com a memória que, acima dos sentimentos, é plena de saudades benfazejas.

Um cinturão de couro retalhado em bocetas enroscava o ventre de Fulgêncio Arienim. Maria da Luz resgatou o mapa herdado do oficial inglês moribundo que ele tentara socorrer no cais, ferido de morte por Raimunda Abunda, e que garantira ter aportado nessas paragens no antecedido às naus portuguesas. Deveras, um pedaço de papel rasgado na barra inferior, no qual se destacavam esboços confusos de estranho desenho e a palavra *Brazil*; abaixo, uma frase incompleta: *Inexhaustible sources of wealth are to be found* (Inesgotáveis fontes de riquezas se encontram...).

Guardou-o zelosa no cartucho de couro que o marido conservava num baú de tralheira.

VII

No terceiro quartel dos Quinhentos, publicaram-se ordens de nova expedição assinadas pelo governador Mem de Sá. Nomeou para comandá-la Vasco Rodrigues Caldas, mocetão de fala fina e gritada, afeito a gatos; à mesa, empanturrava-se de comidas. Não era dado a mulheres; à rua, pouco se expunha, esquivado de olhares recriminativos frente ao seu andar baloiçante e gestos volteados. Quem sabe o sertão, distante dos preconceitos da metrópole, não lhe faria bem à alma.

Recuperado às boas disposições, Fulgêncio Arienim alistou-se em companhia do filho Herculano. Partiram de Porto Seguro, costearam o litoral no rumo sul, cruzaram os rios Mucuri e São Mateus, seguiram o curso do rio Doce. E lá se meteram a desbastar espessa trilha indígena, dilatada agora à foice e ganância. De pés postos nas veredas, embrenharam-se no encalço da luz ofuscante, irradiada de minerais e quimeras.

Vasco Rodrigues Caldas aprazia-se na viagem, maravilhado com a exuberância de rios e matas. Mantinha-se, porém, à retaguarda, entregue a polir as unhas, distante dos comentários desairosos ao seu modo de cavalgar com as pernas estiradas a um só lado da montaria. Abrigado entre escravas-cozinheiras, ajudava-as no descarne de antas e capivaras, e no preparo de ardentes temperos.

A expedição foi dar no Morro do Pilar; após arranchar, arribou no rumo Norte até retornar pelo rio Jequitinhonha e desembocar na foz do rio Pardo. Ali, decidido, Fulgêncio Arienim fiou-se de novo no cilindro de couro e se enveredou por caminho próprio. Levou consigo Herculano, cujos olhos exorbitavam, acolitados por suas orelhas de abano. Três dias depois se deram conta de andar perdidos na Rosa dos Ventos. Estavam sós, eles e a natureza, espreitados à moita pelos tapuias que, atônitos, miravam o rapaz de olhos assustados e bochechas flácidas, e aquele emboaba agarrado a um rasgo de papel do qual não se largava nem quando arriava as calças para desobrar frutos que, colhidos ao léu, lhe aplacavam a fome desmedida.

Pena que Fulgêncio Arienim não dera ouvidos ao advertido de Vasco Rodrigues Caldas: quem é baiense há de ir manso nessas picadas, de preferência quando abrasadas pelo sol, os olhos a encolher o longe para perto e as armas a reluzir ao alcance das mãos. Na cegueira da noite, brasis acoitados dão de roubar os forasteiros, atacar de soslaio, praticar malefícios, revirar o mundo de cabeça pra baixo.

Fulgêncio Arienim não puxou a si a coberta da prudência e, pelos idos do Jequitinhonha, viu o filho amolecido na fala e nas pernas, acometido de febre malsã. Tratou de improvisar-lhe maca de fibras e folhas, arrastada à traseira do cavalo. Mas era tanto o incômodo do animal, tanta a buraqueira do caminho, que a trepidação lhe inflamou os nervos e misturou as ideias. Herculano Arienim descolara-se de seu eixo. O mundo se lhe arrevesou os olhos.

VIII

Fulgêncio Arienim despertou em meio a madrugada, abrigado sob a embaúba, picado por atroz pressentimento. Por momentos intrigou-se em desconfianças: realidade ou pesadelo? O filho e os cavalos haviam evaporado de suas vistas.

Ergueu-se lépido da cama de folhas e correu à deriva por todos os lados; seus gritos emudeceram sob o trovejar das águas desabadas do céu. Com certeza haviam sido aprisionados pelos brasis. Sobrevinda a estiagem, retornou a Salvador carregado por soldados que o encontraram entregue a uma fala célere e confusa. Tinha os ossos estufados sob a pele esfolada, o rosto chupado, os cabelos desaforados, o raciocínio embaralhado. Sem ter consigo pedras, perdera-se de si.

Entregue aos cuidados de Maria da Luz, que lhe acarinhou com óleo de copaíba, ela o ouviu dizer, entre frases desconexas e risadas mórbidas, ter alcançado, num braço do rio Jequitinhonha, a poucas léguas da foz, uma montanha de esmeraldas e diamantes, em cujo ventre havia um palácio do qual Herculano reinava numa terra sem males... O brilho lhe embaçara olhos e mente.

A notícia, refulgida como relâmpago nos salões de Salvador, suscitou fantasias. A fortuna se oferecia ao alcance das mãos, incrustada na natureza como um presente dos céus. Bastava ir-lhe ao encontro.

IX

Na esperança de reencontrar o filho, Maria da Luz proveu o marido de negros e índios, animais e cargas, e alistou-o na expedição chefiada pelo português Sebastião Fernandes Tourinho. Ordenara-a o governador Luis de Brito Almeida e se destinava a certificar se a cabeceira do São Francisco tinha como regaço as encostas andinas do Peru.

Poucos dias após se enfiarem por denso mato, viram-se espreitados pelos gentios vigilantes que, do alto das árvores, se confundiam com galhos e folhas. Arrancharam à margem do rio, enquanto os escravos tratavam de cavoucar troncos e preparar canoas que lhes permitissem cruzar as águas turbulentas. Ao amanhecer, despertaram rodeados pela indiada. Não lhes pareceram hostis; ao contrário, traziam canoas de um só pau ofertadas à travessia da comitiva. Trocados cumprimentos e presentes, embarcaram os desbravadores, observados pelos naturais entregues a um canto ritual. Ao se aproximar do meio do rio, a gente de Fernandes Tourinho se deu conta de que o barro no fundo das canoas não resultava da sujeira de uso; disfarçavam buracos pelos quais a água penetrou, afundando homens e cargas. Fulgêncio Arienim, levado rio abaixo pela correnteza, escapou da morte por se socorrer num braço de gameleira que boiava à deriva.

Desgarrado da comitiva, secou ao sol o mapa inglês e o canudo de couro, e passou a se alimentar de caça pouca; macacos e quatis, sobremodo; alguma ave: jacu e pomba; e quase sempre cobras, formigas, lagartos e sapinhos, e uns bichos alvos que se criam nas rachaduras de taquaras e paus podres. Davam-lhe refrigério ao paladar mel de abelha, coco e palmito, grelo da samambaia, cará e algumas raízes. Peixes, miúdos e graúdos, havia em abundância.

Contados treze meses, estava de retorno a Salvador. Viam-se-lhe o rosto transtornado, os olhos oblíquos, a voz excitada, a corpulência esvaída. De Herculano, nem vestígio. Pelas ladeiras gritava eufórico, dia e noite, ter achado esmeraldas na face leste da Serra dos Cristais e, na oeste, safiras. A notícia provocou comentários até nos mais solenes ofícios religiosos. Uma beata fez saber ao bispo que Deus lhe compensara, nesta vida, a virginal pureza, preservada ao longo de seus setenta anos, ao mostrar-lhe em sonhos as moradas celestiais forradas de esmeraldas e safiras, tais como descritas pelo delírio de meu ancestral.

Enviado a examiná-lo, doutor Samuel diagnosticou padecer da febre malsã que acometia tantos desbravadores.

– Por que não trouxe uma única amostra da riqueza encontrada? – bradou aborrecido o governador quando o médico lhe apresentou o laudo.

Internado em hospício, Fulgêncio Arienim consumiu longos meses esfregando cascalhos na expectativa de vê-los transmutados em ouro.

X

Maria da Luz, alvejada pela velhice, não se deu por vencida nem convencida de que a família carecia de suficiente fibra para enfrentar os fantasmas do sertão, resgatar Herculano das mãos dos brasis e alcançar a montanha luminescente que, agora, se lhe configurava, nítida, cada vez que sorvia o último gole de café.

As pajelanças dos índios impregnavam a floresta de monstros e dragões; o ruído dos ventos, o uivo das feras, o chocalhar das serpentes, os ataques dos escorpiões e das formigas gigantes enlouqueciam aqueles que careciam de nervos de ferro. Porque a sagacidade não anda dependurada nas abas das ideias. Propósitos são apenas pálidos fios de fumaça tragados pelo céu. O querer de um homem precisa deitar raízes no coração e render frutos na ação. Feito é bem-feito se afeito ao afeto. E aqueles desbravadores eram todos fora de si. Punham a mente na glória, o ideal na algibeira, a coragem nas armas, a paixão na posse de vastos territórios. Desprovidos de estofo altruísta, viviam no rastro da reluzência.

XI

Curado e entrado em idades, Fulgêncio Arienim alistou-se na expedição de Antônio Dias Adorno, homem acostumado a toda sorte de perigos, destemido das leis e de Deus, pés cravados nos desconformes da vida. De espírito soturno, gênio emburrado, a todos apregoava não ter alma. Tinha, e havia uma legião dentro dela. Sua sina era caçar índios, trazê-los dos cafundós numa única corda, comprida, enlaçada no pescoço de cada um. Se um se atrevesse à fuga, o impulso do corpo cuidaria de enforcar dois ou três. Alheio aos méritos da conquista, era dos que se aventuram, não pela glória, e sim pelo prazer da disputa.

Português com raízes genovesas, Paulo Adorno desembarcou na América portuguesa trazido por seus conhecimentos de cultivo e indústria da cana-de-açúcar. Depois de se casar com uma filha de Diogo Álvares Correia, o Caramuru, e cometer um assassinato em São Vicente, refugiou-se na Bahia, onde nasceu o neto Antônio Dias.

Após a mão de obra tupiniquim dar as costas ao colonizador, e o surto de varíola se expandir, Antônio Dias Adorno se empenhou em caçar aimorés para escravizá-los em engenhos e fazendas. Tinha gosto pelo mando, raciocínio esperto, e sujeitou ao menos sete mil gentios.

Antes que a comitiva de Adorno fosse engolida pelo mato denso no rumo do rio das Contas, Maria da Luz sentiu a saúde fraquejar: as pernas renitentes desobedeciam à vontade, as mãos trêmulas, assustadas, faziam a caneca dançar no prato e derramar café na toalha rendada.

– Ajude-me a sentar na cama – pediu à filha Teodora, colada a seu leito desde que o médico receitara repouso absoluto.

A moça de pele trigueira e olhos luzidios segurou-a pelos ombros, puxou-a para trás, ajudou-a a recostar-se na cabeceira ornada por um grande rosário feito de coquinhos de dendê, presente do marido ao completarem dez anos de casados.

Teodora apertou-lhe as mãos; ofegante, ela mantinha os olhos verdes fixos na filha. Súbito, quebrou o silêncio. Danou a falar dos pássaros que voam nos amplos espaços do coração:

— Se fitamos o voo, eles nos escapam. Vivo há trinta e três anos carne e unha com seu pai. Nunca ele, que conhece cada poro do meu corpo, rompeu a película do meu ser.

Maria da Luz considerava indevassável o céu interior onde voam os pássaros:

— Tinha dia de eu ficar de olhos derramados sobre ele. Fitava aquele homem enorme, de pele acastanhada, orelhudo, as suíças a cobrir-lhe as faces, e pensava: conheço-o como a palma de minha mão. Posso adivinhar-lhe a tosse se avizinhando pela expressão do olhar e nunca me engano quando se levanta da rede. Pelo jeito de se apoiar nas cordas, enfiar as chinelas nos pés e mover as pernas, sei se há de ir verter água do corpo ou regar as plantas do alpendre, acender a lenha do fogão ou tomar um trago de aguardente. No entanto, ele me escapa, como sói acontecer entre todo casal. Há nele um lá dentro que jamais conheci. Gente é mistério. Talvez nem ele mesmo se conheça. No dia em que descobri que nele habita um outro que é só dele, como também em mim há uma outra que não se dá a conhecer, deixei de sofrer. Porque larguei de querer moldá-lo pelo que sou. Acolhi o singular. Aquele homem que existia prontinho na minha cabeça merengou todo. E, de repente, vi-me catita, tentando reconquistá-lo.

Teodora estendeu-lhe a caneca de água. Sorveu-a ávida, ajeitou-se na cama, voltou os olhos para a filha, e prosseguiu:

— Outra janela dos sentimentos são as mãos — disse ao esticar os braços e abrir os dedos trêmulos à frente dos olhos. — As minhas nunca foram belas nem grandes. Meus dedos são curtos, porém ágeis. Minha mãe me ensinou a bordar e cozinhar. Antes de decidir aguardar a morte sobre este leito eu falava mais pelas mãos que pela boca. A fala das mãos é muda, mas expressiva. Isto, minha filha, é algo que só descobre quem se fia na sabedoria: o silêncio diz mais que as palavras. As palavras fazem ruído; o silêncio adensa. Se um dia você amar, vai saber se é de verdade pelo gosto do silêncio a dois. Se não for assim é porque não é de verdade. Amar é trazer o outro no acalento de si. Nas profundências da alma vigora o silêncio. Ali, nos recônditos do espírito, os pássaros nunca cessam o voo. Quando dormimos, o corpo se aquieta, os movimentos se reduzem, os olhos cerram-se; mas o voo prossegue, faz o sono aflorar em sonho. Por dentro a gente esquece, a memória reflui, mas nunca dorme. Uma coisa digo: não só o silêncio traduz o sentimento que une os amantes. Imprescindível, não é suficiente. Há também o inverso à velhice: o dom de ser criança. Casal que não se espraia no quintal da ternura nem sussurra palavras que só eles conhecem e entendem, é porque não se ama de todo. O amor dispensa cerimônias. Esmorece se vira teatro. Quem veste fantasia tem medo de mostrar a nudez. E pregue isto nos guardados de seu coração: marido e mulher não são parentes, são amantes. Quando se aparentam o casamento azeda.

 Entregue aos estertores da agonia, Maria da Luz pediu ao marido e ao filho Prudêncio jamais abandonarem a busca de Herculano.

 Tão logo o verde se apagou de seus olhos, e o sino da igreja paroquial dobrou à finada, Fulgêncio Arienim, comandado por Adorno, avançou sertão adentro.

XII

Oito meses depois, Fulgêncio Arienim reapareceu na capital da colônia. Trazia as mãos vazias e a cabeça repleta de visões. Ao descrever em detalhes a Serra das Esmeraldas, enfatizou:
– De dia, brilha como o sol e, de noite, reluz como se um vidro esverdeado tapasse a boca do inferno.
Tentaram arrancar-lhe indicações, um rumo, um acidente geográfico, uma curva de rio. Disparou a falar sem que o sono o fizesse calar; de sua boca jorrava um fluxo infindo de sentenças desencontradas, desconexas, subvertendo todas as regras da prosódia e da sintaxe.
Já que os anais da medicina desconheciam tal febre, o médico deu-o por desenganado antes que a semana escoasse. Teodora recolheu a si o cartucho de couro com o pedaço de mapa. O paciente entrou em agonia ao longo de três meses. Expirou sem que jamais se soubesse se eram segredos ou meros delírios suas visões do Paraíso.

XIII

Na década seguinte, Herculano Arienim assombrou Salvador com a sua inesperada aparição. Encontrou Teodora ainda inamorada, e Prudêncio, pai solteiro de um menino chamado Olegário. Herculano pronunciava um idioma indecifrável no qual se destacavam poucas palavras do vernáculo. Trazia os olhos dilatados, os músculos da face retesados, os cabelos longos emaranhados, o corpo semidesnudo marcado de feridas. Num embornal de fibras, amostras de pedras esverdeadas que, examinadas, foram reconhecidas como esmeraldas.

O governador inquiriu-o sobre o que avistara naqueles interiores selváticos. O jovem desbravador descreveu frutas de adocicados sabores, pássaros de suave e permanente cantar, o clima sempre ameno, jardins com fontes de águas límpidas, lagos piscosos e montanhas de ouro e diamante. Acresceu que brasis idosos rejuvenesciam ao beber da água de rios e lagoas, e mulheres formosíssimas cavalgavam céleres, prestes a atirar a flecha repuxada junto ao peito no qual faltava um seio.

O governador, leitor dos santos doutores Tomás de Aquino e Boaventura, e convencido de que abaixo da linha do equador Deus Nosso Senhor criara o Paraíso Terrestre, exigiu-lhe indicar no mapa o local exato onde julgava estar o Jardim do Éden e o veio de tão almejada fortuna. Herculano Arienim respondeu, em linguagem confusa, que só o faria se, primeiro, fosse lavrada em seu nome a escritura das terras daquela região, bem como o direito de explorar as lavras, pois se tornara cacique de numerosa nação indígena e viera exigir o reconhecimento do que lhe pertencia. O representante de El-Rey se esforçou por convencer-lhe de que não poderia transferir a um súdito o que, por direito natural e divino, pertencia àquele que ocupava o trono.

Por não se sentir devidamente recompensado, Herculano Arienim silenciou diante de tantas perguntas. Metido em prisão, cobriu-se de ira, sobejou-se de ódio, selou-se na mais absoluta mudez. Não se escutou de sua boca uma única palavra, sequer um sussurro, nem mesmo o som cavernoso que a respiração produz para apaziguar o sono. Permaneceu a ferros até sua alma evadir-se do corpo.

APONTAMENTO DOIS
BANDEIRAS

Aconselhado pela irmã, Prudêncio Arienim, de posse do meio-mapa, trocou a Bahia pela Capitania de São Vicente.

Teodora Arienim se casou com Rodrigo de Souza, neto de Martim Afonso de Souza, donatário da dita Capitania. Tristão de Souza, pai de Rodrigo, nascido da relação destrambelhada do avô com uma das índias que escravizara, morreu sob as espadas do sultão Moluco, na batalha de Alcácer Quibir, na qual o rei Dom Sebastião saiu da história para entrar no mito. Teodora e Rodrigo transferiram-se para Viseu, em Portugal, acolhidos pelo bispo Dom Antônio de Souza, filho legítimo de Martim Afonso de Souza e que, de berço, também se chamara Rodrigo. Deles não mais se teve notícias.

Prudêncio Arienim não se animou com o propósito de procurar a Serra Resplandecente. Enfadava-se à simples menção de distâncias; preferia as novidades da Vila de São Paulo dos Campos do Piratininga às intempéries e incertezas do mato. Afazendou-se na margem do rio Pinheiros, tomou escravas como mulheres, enviou Olegário à escola dos jesuítas. Morreu de mal do coração ao teimar em montar um potro de dorso virgem. O filho herdou-lhe os bens e o cartucho com o mapa.

II

Tão logo se viu na vigorosa idade de procriar, Olegário Arienim, de pele africanada, cabelo indeciso entre o pixaim e o anelado, se enrabichou com Joana Quitéria, sinhazinha mestiça de olhos amendoados. Menina-moça de cepa duvidosa, graças às suas artes culinárias tirava, de uma braçada de milho, pamonha, curau, cuscuz, pipoca, farinha, biscoito, bolo, fubá, canjica, e até aguardente! Do porco só perdia o grunhido; com a banha, fazia óleo e torresmo; da gordura, sabão de bola para lavar roupas e panelas; do mocotó, geleia; do sangue, chouriço; das tripas, linguiça. Misturava ao feijão a pele à pururuca. A carne se conservava na própria banha do bicho. As extremidades – pés, rabo, focinho, orelhas – ela atirava à senzala; a escravaria famélica misturava-as ao feijão no preparo de um caldo grosso e apimentado a que chamavam feijoada.

A atração entre Olegário Arienim e Joana Quitéria obedecia a liturgia própria. Não era a cama seu jardim das delícias, nem a rede a balouçar corações e embaraçar a nudez dos corpos; era a cozinha. Metidos ali, ordenavam à criadagem guardar distância de meia légua, livravam-se das roupas e, desavergonhados, soltavam as rédeas de devassidões. Joana Quitéria derramava potes de doce de leite pela cabeça do marido; a calda açucarada e espessa lhe mascarava o rosto, alourava a barba, adoçava os ombros, melava o dorso e os braços, descia em cascata pelas pernas, cobria em suspiros as partes pudendas. Em seguida, ele se estendia na mesa de tampo comprido, e Joana Quitéria, numa gula de onça faminta, lambia, de olhos fechados, todo aquele doce, até não restar sobre a pele nenhum visco, exceto o que apontava o teto. Então, intrépida amazona, cravada em seu cavalo fogoso, desembestava pororocas.

Logo, era a vez de Olegário Arienim derramar sobre a mulher potes e potes de calda de doce de laranja. Joana Quitéria abria-se num riso descosturado enquanto o líquido áureo escorria-lhe por toda a pele; parecia coberta por tecido em fios de ouro. Língua de fora, ele a sugava com a avidez de quem ameaça arrancar nacos daquele corpo adocicado. Sobre a mesa, ela se retorcia toda, a pele engalinhava-se de arrepios, e os dois, perdidas as estribeiras, se davam afoitos à sofreguidão de um querer entrar no outro, fusão de corpos transfigurados pelo desgoverno libidinoso.

Joana Quitéria ensinou-lhe associar prazeres da cama aos da mesa. No jantar, preparava pratos deliciosamente obscenos, como pepinos cobertos por molho de tomate e, na ponta, pequena fenda incrustada de queijo derretido. Ela os saboreava de um lado da mesa; de outro, ele se fartava de berinjelas cortadas ao comprido, recheadas com pasta de jabuticaba. Comiam um ao outro pela voracidade dos olhos e, limpas as travessas, trepavam na mesa; arrancados os camisolões, besuntavam-se de molhos, entretidos em descobrir membros e cavidades do corpo de um a suscitar mais agrado ao paladar do outro.

Graças a tão saborosas degustações, Joana Quitéria engravidou.

III

Mordido pela sina familiar, atraído pelo cheiro do mato e o brilho de pedras preciosas, Olegário Arienim convenceu Joana Quitéria a arrendar a fazenda, com vacario e plantação, e acompanhá-lo na obsessão de organizar uma bandeira e desbravar sertões. Para proteção divina e cuidado das almas, incluiu na comitiva frei Simplício, franciscano, mais agarrado às obras de Cícero que ao breviário. O capelão visionava encontrar, no interior do Brasil, o local exato do Paraíso Terrestre, segundo indicações autorizadas. Colombo identificara a porta do Éden no norte da Amazônia brasileira. Aqui tudo correspondia às descrições dos entendidos: clima temperado; abundantes árvores frutíferas; natureza perenemente revestida de verde; boas influências dos astros. Nos rios caudalosos, fartura de peixes; nos ares, variedade de aves; na terra, abastança de alimentos.

Ao enfiar-se pelo sertão dos cataguases à procura da Serra Resplandecente, toda ela, diziam, estufada de esmeraldas, Olegário Arienim fez-se preceder por um comboio incumbido de devastar o caminho, abrir roças, cercar de paliças a criação de porcos e galinhas, para sustento dos que viriam. Deu de encontrar gentios de beiços e orelhas furadas, adornados de metal dourado. Inquiridos, disseram os naturais que, no bojo das sinuosas montanhas circundantes, se encontrava o berço das estrelas. Aninhavam-se ali pedras tão reluzentes quanto o brilho dos astros realçado pela escuridão da noite. Ao cacique, Olegário Arienim exibiu o retalho de mapa herdado do pai. O brasil fitou o papel com indiferença e apontou-lhe de onde extraíam folhetas de ouro e outras peças que mais pareciam grãos de munição. Olegário foi ter ao local; encontrou apenas pedras vãs...

Seguidos por indiada e mamelucos, Olegário Arienim e Joana Quitéria cobriram em sessenta dias a distância entre São Paulo de Piratininga e as Minas Gerais dos Cataguases. Para se proteger de flechadas, traziam o dorso agasalhado por couraça acolchoada de algodão. Amarrados às montarias, levavam redes de dormir, machados, enxós, foices, facões, mantas de frio, almofada, toalhas, talheres de prata, tinteiro, tesoura e baralho.

A expedição cozinhava de véspera a refeição do dia seguinte, de modo a aproveitar a luz do dia e apressar a caminhada. Observante ao resguardo, Joana Quitéria, cujo ventre se abaulava, às refeições se restringia à canja de galinha, abstendo-se de ovos, leite e peixe. Aos domingos, variava numa dieta magra de tutu de feijão com lombo de porco assado... A comitiva tomava como sopa a água do cozimento do feijão e misturava os grãos com farinha, na precaução de facilitar o transporte sem derramamento nas cargas. Não faltavam provisões de milho, mandioca, banana, melancia, melão e batata. E folhas de ipecacuanha-preta para os doentes, entre os quais Olegário Arienim se incluiu ao devorar, de certa feita, tanto jenipapo que lhe sobreveio monumental caganeira.

Ajustada a expedição ao curso do sol, despertavam às primeiras luzes e assistiam bocejantes à missa junto ao altar coberto com esteiras de taquara. Cara de lua cheia e barriga episcopal, o reverendo jamais perdia a oportunidade de uma prédica moral. Em seguida, a caravana avançava até o oco do estômago esfomear-se. Então, brancos e animais arranchavam, índios e escravos saíam à cata de caça, pesca, palmito, frutas e mel. Após a sesta do religioso, punham-se de novo em viagem até o sol declinar.

Com São Paulo às costas, a primeira dormida foi em Nossa Senhora da Penha. Ali o frade proferiu um sermão sobre a gula; só fez excitar as saudades do casal ao recordar a mesa farta da fazenda. Mais um dia de viagem e arrancharam na aldeia de Itaquaquecetuba; dois dias avante, Vila de Mogi, sombreada de árvores; mais quatro de marcha resoluta e estacionaram em Laranjeiras. Desta vez a homilia versou sobre o pudor, malgrado a nudez de toda a indiada escrava em volta do altar improvisado. Em seguida, um dia até a Vila do Jacareí; mais dois até a Vila de Taubaté.

Em Taubaté, frei Simplício foi visto pelos moradores montado num burro, seguido pelo índio sacristão a pé, no caminho entre o acampamento e a capela.

– Que absurdo – comentou a gente –, o padre sentadão e o pobre do sacristão a ralar os pés.

Na volta, o frade passou a pé, enquanto o sacristão montava o burro.

– Vejam só – dizia o povo –, o folgado do sacristão cavalga enquanto o sagrado do frade caminha.

Dia seguinte, passaram os dois montados.
— Como pode — queixaram-se os moradores —, dois homens pesados quase a esmagarem o burrico.
Retornaram os dois a pé, puxando o animal por uma corda arrepiada.
— Estes aí são muito burros — exclamaram —, um bicho bom de montaria e os dois a meter os pés na poeira!
Até que frei Simplício se inteirou de si: dar ouvidos a mexericos é acabar por carregar o burro...
Ao deixar Taubaté, a expedição percorreu dia e meio até Pindamonhangaba; mais cinco até Guaratinguetá; dois até o porto de Guaipacaré; três até o pé da Serra da Mantiqueira; mais um par de semanas para subir a serra por veredas penhascosas envoltas em bruma, quando se aliviou a carga dos animais, devido a riscos nos despenhadeiros. Atravessaram sob árvores de pinhões, enquanto porcos monteses vigiavam os passos do comboio; do alto dos galhos, araras e papagaios mantinham incessantes debates sobre o rumo da caravana.
Após cruzar o ribeiro Passavinte, que serpenteia a serra, molharam os pés no Passatrinta e, logo, atingiram o Pinheirinhos. Havia ali roças de milho, feijão, batata e abóbora, plantadas por caçadores de minas. Aqui e acolá um rancho perdido no mundo oferecia porcos e galinhas a preços da altura da serra. E entre fome, caçadas e desvario do bolso, todos sabiam que ninguém subia a Mantiqueira sem deixar a consciência no sopé da montanha.
De Pinheirinhos consumiram semanas até a estalagem de rio Verde. Havia ali muitas roças e mesa farta de doces e fru-

tas: mamão, goiaba, jabuticaba, laranja, limão, maracujá e pêssego. A venda ao lado da entrada oferecia aos viajantes doces e velas, cachaça, alho, e até livro de missa. À hora do jantar, o estalajadeiro, em refeição preparada apenas para os maiorais da comitiva, serviu o arroz num urinol. Frei Simplício sentiu o estômago embrulhar ao fitar tão alvo e fumegante cereal em recipiente ontologicamente inadequado. Ao perceber o desconforto do frade, o anfitrião o tranquilizou:

– Pode comer, seu padre; o penico é virgem.

Após dias de viagem, chegaram a Boa Vista. Dali se abriam as gerais: vasto campo recortado de ribeirões, em cujas margens abundavam mel e palmito. Mais duas semanas de caminhada moderada, Ubaí; mais três dias, Ingaí; cinco a mais e eis o rio Grande à frente, farto em peixes. A expedição cruzou-o em canoas. Dali percorreram mais dez dias até o rio das Mortes, onde havia a melhor estalagem do percurso. No cardápio, leitoa e galinha assadas. Olegário Arienim, que já tinha abatido todo o gado trazido de São Paulo, manifestou saudades de um suculento bife. Dona Estrela, a cozinheira, explicou que, naquelas plagas, só se podiam criar animais faltos de atenção humana, devido à carência de braços. Apenas bichos de quintal, como porco e galinha, aos quais bastava o olho do dono.

Dali rumaram para o rio das Velhas. À margem, depararam com um balseiro em seu transporte; avizinhava-o um cão lazarento. Frei Simplício impostou a voz, estirado na pose:

– Ó mísero etíope, quanto queres de pecúnia para transportar-me no bojo côncavo deste madeiro, deste polo àquele hemisfério?

O balseiro fitou-o espantado e retrucou:
– Seu vigário, pode entrar que o cachorro não morde não.

IV

Desembarcados na margem oposta e recolhidas as canoas à terra firme, a indiada, em atitude rebelde, meteu-se confundida nas matas. Para qualquer lado que se olhasse, viam-se fujões dar as costas e ser engolidos pela vegetação opaca. O frade gritou espavorido:
– Esses primitivos não compreendem o sagrado valor do trabalho e as vantagens do progresso. Preferem viver em ocas e andar errantes por rios e serras, que nem bichos.

Apesar dos impropérios, frei Simplício tinha os índios na conta de cristãos. E que ninguém duvidasse de sua boa-fé. Do alto de sua autoridade, reforçada pela verbosidade escolástica, não admitia que os bandeirantes deixassem de encomendar os santos sacramentos a seus serviçais.

V

Em Ibituruna, João Custódio, o estalajadeiro, agasalhou de sopa os principais da comitiva. Ali, Joana Quitéria deu à luz Vitorino. Ao pé do fogão de lenha, Olegário Arienim teve

notícias da caravana que, ao passar pela localidade, a transformara no primeiro arraial das Minas:
— Era comandada por Fernão Dias.

Encolhido junto ao fogão, com o lume dos olhos cativo no crepitar da lenha, Olegário Arienim não se surpresou:
— Conheço-o de fama. É o homem mais endinheirado de São Paulo. Move-o a paixão ambulatória. Há anos devassa sertões para arrebanhar índios ao trabalho escravo.
— Agora veio com outros propósitos: busca esmeraldas — sublinhou Custódio.
— Esmeraldas?! — ecoou Olegário Arienim.
— Sim, o governador Afonso Furtado de Mendonça o incentivou.
— O Visconde de Barbacena? Mas com que ânimo? — indagou.

Custódio estendeu-lhe a cuia de aguardente:
— Fernão Dias é homem entrado em idades. Já se aproxima dos setenta, mas guarda a disposição dos vinte. Passou aqui com os filhos Garcia Rodrigues e José Dias, e o genro Manuel de Borba Gato. Trazia ainda quarenta brancos, cem bastardos e seis centenas de bugres.

Olegário Arienim deixou-se estar intrigado, atento à ardência da garganta encachaçada. Pressentia no velho bandeirante um obstáculo aos seus propósitos.
— Temo que sua comitiva não penetre sem obter-lhe licença — advertiu o estalajadeiro.
— Licença?! Ora, Custódio, essas terras nem aos gentios pertencem. Por acaso Fernão Dias fincou marcos nas fronteiras?

O anfitrião aproximou a cuia da panela de ferro e encheu-a de bambá de couve. O ensopado subiu apetitoso pelo olfato de Olegário Arienim, que tratou de imitá-lo.

– O bandeirante – disse Custódio evitando fitá-lo – recebeu do próprio El-Rey o título de Governador das Esmeraldas e a promessa de, se bem-sucedido, enobrecer-se como Marquês das Minas. Ele é, agora, o donatário dessas matas, com poder de soga e cutelo.

O hóspede engasgou-se com o caldo e tossiu; socorrido por tapinhas às costas dados por Joana Quitéria, acresceu à boca mais uns tragos de cachaça:

– Governador das esmeraldas?! Por acaso encontrou alguma?

– Que eu saiba – admitiu o estalajadeiro – nem ele nem ninguém. Dessas pedras só dão notícias os tapuias. Dizem as terem visto em grande quantidade Capitania adentro. Mas não se interessam por elas, nem como pedra colorida para adorno. Mês passado adentrou a estalagem um paulista cismado. Na rabeira dele se enfileiravam carroças e servos. Era do tipo rancheiro, que apoia o caráter nos canos das botas e a decisão na boca da arma. Sem que eu perguntasse, só para fazer feita, segredou-me ao desjejum trazer consigo um mapa que pertencera ao secretário do governador-geral Tomé de Souza. Coisa de muitas minas, disse ele. Dia seguinte, antes de o galo cantar, lá se foi montado na ilusão. Retornou fiasco três dias depois. O mapa era do cemitério de antigos mateiros. Dei-lhe chá de erva-cidreira, no qual mergulhava os biscoitos como quem afoga a desilusão. Investira na empreitada tudo o que possuíra; agora, restavam-lhe o cavalo e a carroça puxada por um servo. Os demais tomaram o rumo do destempero. Com a carroça pagou a estalagem, alforriou o servo e partiu cabisbaixo em seu cavalo, rumo à rota dos fracassados.

Olegário Arienim suspeitou do próprio mapa, cujo cartucho trazia costurado no cinturão. Nada disse, para não demonstrar vergonha.

– Onde há de andar agora o velho bandeirante? – indagou como se pensasse alto.

Custódio estendeu-lhe o prato de latão com carne de porco e farinha de mandioca. O hóspede juntou os dedos da mão direita, empaçocou a comida e, de arremesso, foi dando punhados à boca. Custódio interveio:

– Um dos homens de correio dele passou por aqui a caminho de São Paulo; contou que Fernão Dias arranchou-se às margens do rio das Velhas. Ali instruiu o genro, Borba Gato, a plantar roças para terem o que comer ao retornarem das incursões. Depois, no rio das Mortes, distribuiu seus homens em bandeiras de quatro dezenas cada, ordenando-lhes ingressar em distintos rumos, exceto o Norte, que reservou para si.

VI

Olegário Arienim criou coragem e exibiu o mapa a Custódio. O estalajadeiro pregou nele os olhos, volanteou-o nas mãos, examinou-o de todos os ângulos sem reconhecer no desenho impreciso nada do que sabia ou ouvira falar. Preferiu creditá-lo à coleção de documentos falsos que, nos albores da colônia, inflamava a imaginação de marujos e aventureiros, robustecia suas fantasias e esvaziava-lhes a algibeira.

Dia seguinte, Olegário Arienim aprumou sua caravana na direção do rio das Velhas. No avançar dos passos, afluíam-lhe notícias do velho bandeirante, inclusive a exata localização. Naquelas matas, a passagem de um comboio tão vasto atraía atenção e nutria a vigilância dos silvícolas e o comentário da gente por muitos meses.

VII

Foi na Quinta do Sumidouro, próximo à Lagoa Santa, que Olegário Arienim encontrou Fernão Dias. Este trazia a cabeça envolta em cabeleira farta, a barba ruiva entremeada de fios brancos, a boca cortada em lábios finos, os olhos límpidos como céu de maio.

– Há quatro anos percorro essas terras, águas e serras – contou no jantar oferecido ao casal.

Jantar? Ora, na palhoça iluminada por candeias abastecidas com azeite de mamona, uma mísera refeição: sopa rala de fubá com talhos de taioba, tal o estado de penúria do bandeirante, em contraste com os copos de prata.

– A cada par de semanas perco homens e alento – admitiu lamurioso. – Dos emissários enviados a descobrir a Lagoa

Dourada, ninguém, uma só alma, regressou. Desolados e amedrontados, muitos retornaram a São Paulo, inclusive meu filho, Garcia Rodrigues.

– Quais os obstáculos? – perguntou o visitante.

– Por mais que as bandeiras penetrem, só deparamos com cipoais espinhosos, matas cerradas, montanhas íngremes, rios traiçoeiros e, sobretudo, os naturais; estes se confundem com árvores e folhas e atacam como feras, exaurindo o ânimo da expedição. Minha fortuna se esvai nessa aventura. Ando falto de mantimentos. Já tive mesa com terrinas de faiança, nas quais se mesclavam o gosto indígena, o sabor reinol, o paladar africano e o cardápio paulista... Olvidado pela sorte, vi-me obrigado a recorrer a Maria Betim, minha mulher, que conserva os pés em São Paulo. Ela vendeu terras, penhorou joias, meteu-se em privações para tentar salvar essa empreitada.

– E por que não a trouxe consigo?

– Porque é daquelas carolas que ainda defendem que dama verdadeiramente virtuosa deve deixar o abrigo doméstico apenas três vezes na vida: no batismo, no casamento e no enterro.

Mareado pelas repetidas doses de aluá, arredondando bocejos, Fernão Dias desafogou aflições:

– Como vê, a idade pesa-me à barba. Muito fiz para civilizar este país. Já me considerava livre das botas quando recebi as cartas régias. El-Rey tem ciência de grandes riquezas nessas terras, em especial esmeraldas, e a mim confiou a missão de descobri-las. Como súdito fiel, não posso negar-lhe o obséquio. Porém, agora me encontro acossado pela fome, abandonado por muitos que me acompanhavam, além da pólvora escassa e nem uma única esmeralda para compensar o ânimo com que deixei São Paulo.

Dali do Sumidouro, Fernão Dias expedira uns tantos bastardos para tomarem língua. Caminhavam a pés nus, as pernas protegidas por perneiras de pele de capivara. Aquilo era o oco do mundo, povoado pelos tupinambás, colados ao rio das Velhas, e pelos carijós, emigrados do vale do Paraibuna. À beira dos rios Mucuri e Doce pululavam aimorés e botocudos, cuja ferocidade expulsou os tupinaquis dos vales do Jequitinhonha e do Araçuaí. Como todo caçador tem o seu dia de virar caça, aimorés e botocudos aprenderam a correr ao se defrontarem com os tapajós. E os tamoios, expulsos do Rio de Janeiro pelo pau de fogo dos colonos, afugentaram os puris e ocuparam as margens do rio Paraíba. Nas margens do Muriaé reinavam os goitacases. No sul, pelos sertões de Pium-i, os cataguases. Faziam-se repastos uns aos outros. Nada mais apetitoso para um tapajó que um guisado de botocudo bem condimentado ou uma fritada de aimoré tostadinho.

Joana Quitéria já se havia retirado para amamentar Vitorino, quando Fernão Dias ofereceu a Olegário Arienim um cálice de vinho do Porto:

— Agora que terminamos de comer posso lhe contar algo que com certeza lhe causará espanto. Espero não lhe embaraçar o estômago.

Brindaram-se, levaram a bebida à boca, enquanto o bandeirante se ajeitou na cadeira de fibras:

– Antes de Maria Betim me socorrer em provisões, cheguei a aplacar a fome com frutos amargos e lagartas viscosas. Certa manhã, capturamos um cacique robusto. Tratei-o a afagos, como sempre faço antes de passar a métodos mais convincentes. Após dois ou três dias de relutância, ele indicou o rumo da Serra das Esmeraldas. Obtida a informação, ordenei que o abatessem. Era a forma de me impor à sua gente. Comi-o ao molho de salsa e cebolinha. Surpreendi-me. O sabor da carne, levemente adocicado, agradou-me o paladar e superou meus preconceitos ao canibalismo. Aprendi que não se pode afirmar não gostar de uma coisa sem antes prová-la.

– E encontrou as pedras? – perguntou Olegário Arienim sem conter a curiosidade e a expressão de asco.

– Prenhe de esperanças, enviei minha gente na direção apontada. Para meu desconsolo, a dita serra não passava de um amontoado de pedras sem valor. O que me deixou sem apetite por alguns dias.

Esquecido do sono, o hóspede deu ouvidos ao desabafo do anfitrião. Fernão Dias deitou fala sobre seus feitos de antanho, soltou as rédeas da presunção no pasto desencercado da vaidade: as expedições pelo sul do país em companhia de Raposo Tavares; o modo como administrou a construção do mosteiro de São Bento, em São Paulo; as solenes sessões da Câmara, quando o governador incumbiu-lhe regiamente da bandeira em curso; suas querelas com os jesuítas inimigos de escravizar índios.

– É uma injúria dos padres me chamarem de escravocrata dos naturais – protestou. – Sou o salvador deles; resgato prisioneiros de guerra das mãos de tribos vencedoras que os condenaram à morte.

O bandeirante submetia quatro mil índios em sua fazenda banhada pelo rio Tietê.

– Se os jesuítas me mandam aos infernos – frisou – os beneditinos com certeza haverão de sufragar-me a alma. Tanto que, no mosteiro, deixei reservado jazigo para mim e para minha família.

Sabia-se adoentado pelo mais incurável dos vírus atacadiços: a saudade do poder.

Enquanto falavam, Fernão Dias pressentiu um vulto a se mover nas folhagens limítrofes do acampamento. Armou-se de um arcabuz e um tição e, vistas dilatadas, acercou-se a conferir. De detrás de uma bananeira surgiu Potira, índia nubente acostumada a desafogar os apetites luxuriosos do bandeirante. Segredou-lhe que o filho dele, José Dias, mameluco, andava a conspirar, revoltado com os fracassos da expedição e a penúria que os retinha ali nas matas. José Dias convencera-se da demência do pai, obcecado pelas tais esmeraldas que ninguém jamais vira:

– Melhor que a morte o abrace antes que a loucura – expressou a seus comparsas.

Despedida a carijó, Fernão Dias desejou bom repouso a Olegário Arienim e recolheu-se contrariado a seu catre. A noite não o aquietou no sono. Nem o aluá nem o vinho do Porto guardaram efeito sobre a cólera que se lhe apossou. Todo ele era ressentimento e ódio. Como o próprio filho se atrevia a suprimir-lhe a vida? Cuidara do menino saído do ventre de uma tupinambá, fora pai e mãe dele, fizera-o um desbravador, dera-lhe animais e bens e, agora, a ingratidão, o parricídio, a injúria de que fora tomado pela insanidade. Ora, fazia-se mister aplicar-lhe um castigo exemplar. Castigo de fazer arrepiar de medo todos os seus cúmplices. A paternidade não podia arrefecer o chefe. Ele comandava a expedição, detinha as cartas régias e, em se tratando de sua autoridade, todos tinham a obrigação de sujeitar-se, fosse o mais insignificante bugre, o genro, o próprio filho.

Despontado o sol, tomado pela fúria que lhe eriçava cada fio da longa barba, Fernão Dias abriu devassa, ordenou a prisão dos conspiradores, aplicou-lhes o chicote, arrancou-lhes confissões, ouviu pormenores relatados e delatados. Sentenciou o filho à pena de morte por enforcamento. Içado num cipó de aroeira envergado numa embaúba, e retirados os bambus que lhe davam sustento, José Dias pendeu esgoelado, baloiçante qual espantalho.

VIII

Desde a morte de José Dias, apagou-se o sorriso da boca do bandeirante. Nas dobras do seu espírito o tempo se entrevou, o espaço encolheu, o ar escasseou, as mãos do filho lhe apertavam o pescoço nas madrugadas encompridadas pela insônia. Movido pelas agruras do remorso, por mais que lhe pesasse o cansaço a cabeça se mantinha desperta, afugentando-lhe o sono. Suas noites intermináveis, regadas a álcool, eram prenhes de ressentimentos. Num daqueles serões, lamuriou-se aos ouvidos de Olegário Arienim:

– Eu devia ter dado atenção ao conselho de Dom Francisco Manuel de Melo, autor do *Guia de casados*. Um filho bastardo não pode ser mantido junto à família, melhor embarcá-lo à Índia ou levá-lo à tonsura.

IX

Ao examinar com interesse e reflexão o mapa exibido por Olegário Arienim, Fernão Dias, após associar a imprecisão do desenho à topografia que lhe era familiar e às vozes da floresta, concluiu tratar-se da Serra das Esmeraldas. Os indícios apontavam o rumo Norte. Nesse encalço partiu, esperançado, em companhia do hóspede.

Quanto mais se afundavam naquele matagal, mais lhes sopravam notícias promissoras. A indiada tentava conter-lhes os passos, como a esconder algo. De uns tantos, agarrados no laço – e antes de o fio do punhal romper-lhes a jugular –, tomaram ciência de que a esplendorosa serra erguia-se à beira da lagoa Vupabuçu, em cujo espelho d'água se derramava em brilho esverdeado. O bandeirante, já se dando por exitoso, logo se viu obrigado a reduzir a marcha por conta da resistência dos mapaxós, tribo renhida nos embates travados. Confirmou-se no paulista a suspeita de andar no rumo certo.

Desprovido de armas, Fernão Dias aceitou ser conduzido à presença do cacique. Este o advertiu de que não poderia avistar a lagoa. Havia que recuar dali. O bandeirante indagou-lhe os motivos.

– Nas águas claras de Vupabuçu mora Uiara – disse o chefe indígena. – Nas noites de lua cheia, ela emerge à flor das águas, se põe a cantar. Nossos mais bravos guerreiros, atraídos pelo encanto de sua voz, se aproximavam da margem para contemplar a beleza de Uiara. Enquanto miravam embevecidos, foram sugados para o fundo da lagoa; dali jamais retornaram. Rogamos a Macaxera, deus da guerra, impedir nossos jovens guerreiros de serem todos tragados pela sedução de Uiara. Macaxera, ao fazer Uiara adormecer, ordenou a nós, mapaxós, velar-lhe o sono, proteger sua vida. Os cabelos de Uiara são esverdeados pelo limo que recobre o fundo da lagoa. Ali ela dorme de uma lua cheia a outra; os cabelos crescem, penetram a terra, perdem contato com a água, viram pedras. Macaxera nos revelou: a vida de Uiara repousa em seus cabelos. Um fio perdido, um dia a menos de existência. Arrancar pedras verdes da montanha à beira da lagoa é acordar Uiara, reduzir-lhe o tempo de vida. Se ela morrer, revelou-nos Macaxera, grande desgraça se abaterá sobre nossa gente.

Fernão Dias ensurdecido se manteve. Frente à narrativa incrível, se ao cacique dera voz, tomou por decisão não mais dar-lhe vez. Degolou-o, afugentou a tribo, mandou seus homens avançarem e arrancarem as pedras verdes.

Foi o seu dia de glória e, também, de infortúnio. Retornados ao Sumidouro com poucas pedras tidas como esmeraldas, frei Simplício comentou após ouvir o relato de Olegário Arienim:

— É o que a muitos acontece: os píncaros marcam a descida da ladeira. Um homem não pode trepar na própria ilusão. Agarrada, a cobiça é qual tição em brasa, queima as mãos e cega os olhos.

Desde aquele dia, o corpo de Fernão Dias se viu acometido de tremores. A mais saborosa comida amargava-se em seu paladar. Nada conseguia reter à boca. Ainda que agasalhado, aconchegado à beira do fogo, tremia como rama nova açoitada pelo vento frio. Consumido pela febre conhecida como carneirada, a dama da foice o acoitou na Quinta do Sumidouro. De seus olhos se apagou, definitivamente, toda quimera. Completara setenta e três anos de idade. Fechou as pálpebras sem contemplar o fulgor esverdeado das esmeraldas. Nas mãos, as pedras verdes extraídas de Vupabuçu. Eram turmalinas de pouco valor. A morte esfacelou-lhe a bandeira.

Para os brasis, Tupã castigara o bandeirante por arrancar os cabelos de Uiara.

X

A demora de notícias dos sucessos da expedição de Fernão Dias impacientou, em Lisboa, Dom Pedro II. Sua Majestade se sentia pressionado pelas cartas de Maria Betim. Se a mulher, vizinha às Minas Gerais, desconhecia o paradeiro do marido, como esperar de El-Rey transoceânica onisciência, atributo de Deus? Após esbravejar com o Visconde de Barbacena, ordenou ao fidalgo Dom Rodrigo Castel Branco, especialista em mineralogia, cruzar o Atlântico e alcançar o passo do bandeirante. Engalanado, o espanhol marchou da Corte para Sabarabuçu – "grande montanha resplandecente".

Tipo amaneirado, fala fina entrecortada de agudos a lhe socavar o corpo delgado, o nobre tinha a pele engordurada como um queijo de montanha. Para engrossar-lhe a expedição, publicou-se o perdão real a todos os criminosos foragidos – exceto se condenados por crimes de lesa-majestade –, desde que se apresentassem a fim de acompanhá-lo ao sertão. Servia-lhe de guia Garcia Rodrigues Pais, ávido por saber do pai, do irmão, do cunhado.

Ao se avizinharem de Paraopeba, em plena região das Minas, encontraram Olegário Arienim e o filho Vitorino à cabeceira de Joana Quitéria. Uma serpente a picara na perna direita. Envolta em delírios, entrara em estertores.

Pesarosas notícias acolheram Dom Rodrigo e sua comitiva: José Dias perecera vítima de contenda com o pai, e Fernão Dias jazia, frio, ao abraço cálido da terra.

Debruçado frente à agonia de Joana Quitéria, frei Simplício arrancou da memória todas as rezas sabidas e por saber, amarrou na perna lesada sua penca de medalhas milagrosas, renovou a cada dia as bênçãos da saúde. Consumida pelo veneno, a mulher, para espanto de todos – salvo o marido – proferia sentenças aparentemente sem nexo:

– O mapa conduz ao vazio..., quero calda de doce em meus seios... esses desenhos são obras de loucura..., cadê o pepino que jorra em espumas?... o fundo da terra fica de cabeça pra baixo...

O capelão observou que, à hora da passagem, o diabo costuma disputar com os anjos o destino do padecente. Ao escutar tal diatribe, Olegário Arienim, contrariado, cuspiu de lado.

No oitavo dia, a derradeira sugou a vida de Joana Quitéria. Na missa de corpo presente, frei Simplício, um tanto verboso, prolongou-se em peroração sobre as delícias da vida eterna:

– ... cuja entrada é atapetada de esmeraldas e as moradas celestiais revestidas de ouro...

E derivou em seguida para graves considerações escatológicas. Olegário Arienim, recolhido à distância em sua dor, sob a copa de uma gameleira, se perguntou se o frade, casado fosse, repetiria tantas asneiras no sufrágio da própria mulher.

Por vontade do viúvo – indiferente aos protestos do religioso – amarrou-se o cadáver ao topo de uma fogueira. Recolheram-se as cinzas num pote de barro, a fim de serem espargidas no canteiro de flores da fazenda em São Paulo.

XI

Olegário Arienim entregou a Garcia Rodrigues os restos mortais de Fernão Dias. Repassou-lhe ainda as pedras verdes, supostas esmeraldas.

Ao subir o rio das Velhas de posse da urna funerária, o fidalgo e o filho do bandeirante sofreram naufrágio. Inconsolados, eles e os índios que os acompanhavam consumiram dias na procura incessante; mergulhavam do alvorecer ao pôr do sol. Mereceram o bafejo da sorte; no mês seguinte os restos do bandeirante ganharam sepultura no mosteiro de São Bento, em São Paulo.

XII

Deposto desta vida o 'governador das esmeraldas', Dom Rodrigo Castel Branco, requintado em finezas, assumiu ares de sucessor. Manifestou a Olegário Arienim ser-lhe de muita valia, para seu exame das pedras encontradas e por encontrar, o concurso do genro de Fernão Dias, Manuel de Borba Gato, arranchado no rio das Velhas por ocasião da morte do sogro.

Borba Gato tinha o rosto moreno emoldurado pela barba escura e avantajada, os olhos afundados nas órbitas, as sobrancelhas carregadas, os cabelos repuxados sob o chapéu de couro. Trazia em seu poder o espólio do sogro – armas, munição, ferramentas, mapas – que se recusou a repassar ao fidalgo; alegou recomendações do finado.

Ao ouvir da boca de Olegário Arienim a negativa de Borba Gato, Dom Rodrigo aprumou-se em insolência e decidiu arrancar, à força, o provimento de que necessitava para se entranhar naqueles matos. Olegário Arienim opôs-se; alertou-o que o bandeirante trazia os nervos à flor da pele e, se algum dia os teve, largara os escrúpulos em São Paulo. Atiçado em brios, o fidalgo desafiou Borba Gato ao duelo. O bandeirante impôs uma única condição: Olegário Arienim seria o juiz, o que foi aceito.

Dom Rodrigo apresentou-se de pistolas no cinto, clavina sobraçada, faca no peito, chapéu de aba caída. Altercaram-se os dois com palavras vãs e, transubstanciadas suas línguas em punhais, apelaram às armas. Ao cravar sua faca no ombro de Olegário Arienim, por tê-lo em conta de cúmplice do desafeto, Dom Rodrigo Castel Branco distraiu-se e merengou-se em solo mineiro; ferido de morte pelo espadim de Borba Gato, aos vermes abriu o apetite o defunto fresco.

Por temor à ira real, o bandeirante escafedeu-se mato adentro e, acompanhado por Olegário Arienim e o filho Vitorino, se refugiou na região do rio Doce. Deles não se teve notícias nos dezessete anos vindouros. Comenta-se que, homiziado pelos naturais, Borba Gato submeteu-os à sua obediência, tratado que foi como cacique, e soube assim de onde eles extraíam aqueles adornos dourados utilizados em seus rituais.

Após meses de exílio, Olegário Arienim veio a falecer em consequência da infecção causada pela ferida no ombro, segundo relato do filho Vitorino. Este fez saber ainda que Borba Gato o deserdou; temia que, com o avançar da idade, também os olhos do moço crescessem sobre a grande quantidade de ouro de aluvião descoberto junto ao rio das Velhas. Comunicado o achado à Coroa, o bandeirante recebeu, em troca, perdão real pelo crime cometido.

Vitorino Arienim quedou-se à míngua, tratado quase como escravo. Decidido a emancipar-se, pediu ao padrasto as armas e os pertences do pai. Borba Gato se furtou a entregá-los e ainda mandou surrar o rapaz com vara de marmelo. Ferido em brios, Vitorino Arienim tirou-lhe o cartucho com o mapa, deu as costas e abraçou rumo próprio.

APONTAMENTO TRÊS
OURO

De retorno a São Paulo, Vitorino Arienim recuperou a fazenda no rio Pinheiros. Moço troncudo, pele acastanhada, voz altaneira, ali não lhe faltavam dengos casadoiros. É verdade, poucas brancas. Portugal não se arriscava a autorizar suas filhas a cruzar o oceano; temia afrouxarem os sagrados preceitos e os bons costumes nesta terra de aventureiros. Mas isso de origem, cor ou raça não importava a Vitorino Arienim, criado entre gentios. Havia negras e mulatas em profusão. Aos amigos, confessava:

– Muitas me apetecem a imaginação, nenhuma me toca o coração.

De posse do cartucho com o mapa, decidiu regressar às Minas.

Adentrou-se pelo sertão até atingir o vale do Tripuí, varrido por frigidíssimos ventos. À sombra do Itacolomi, deixou a montaria pastar em merecido descanso e, torturado pela sede que parecia colar a língua ao céu da boca, aproximou-se de um regato, enfiou a gamela e levou-a aos lábios. O sol faiscou, prateou a água, cegou-lhe os olhos. No fundo da concha de madeira, granitos cor de prata escurecida. Mirou-os intrigado. Incitado pela desconfiança, apanhou do chão algumas pedras e enfiou-as na bolsa. Tantos mistérios e minérios naquelas terras! Tantas ilusões naquelas bandeiras! Esmeraldas que só existiam em sonhos e, no entanto, visíveis, enormes, abundantes, a ponto de a imaginação acrescentar, à geografia, a Serra das Esmeraldas!

De regresso a São Paulo, guardou as rochas sem muito zelo. Meses depois, em Taubaté, mostrou-as a Antônio Rodrigues Arzão que, emoção camuflada, comentou em fala mansa:

– Pelo jeito, são de algum minério mais resistente que o ferro. Mas se foram encontradas no chão não têm valor comercial, por falta de veio.

Temia que Vitorino Arienim apercebesse quantos arrepios lhe afogueavam as entranhas. Comprou-as a meia pataca a oitava:

– Só para não dizer que vosmecê perdeu a viagem – concluiu ao pagar uma ninharia pelo ouro.

Vitorino Arienim não pregou os olhos aquela noite. Se virava para um lado da cama, a cara estava acordada; se revirava para o outro, ela continuava acordada. Fustigava-o, num cantinho da mente, a certeza: fora enganado. Uma voz silenciosa lhe atiçava os brios. Talvez a conferência do mapa residisse nas gargantas do Tripuí.

Tratou de se aprumar da cama antes de o galo cantar. Madrugada ainda, ajeitou o bornal, preparou o cavalo e, em companhia de pequena comitiva, retornou ao vale, cujos imensos penhascos rasgam os céus como afiadas agulhas.

Após dias de viagem, topou ali com Antônio Rodrigues Arzão, e seu filho Ferdinando Arzão, que haviam se adiantado. Caçadores de índios e faiscadores, pai e filho haviam colhido, nos arredores, três oitavas de ouro.

Vitorino Arienim dirigiu-se ao mesmo local em que, na primeira viagem, se agachara para beber água. Catou um punhado de pedras e mostrou-as a Arzão pai:
– Veja isto. O que são, pedras pretas?
– Não – admitiu Arzão –, reconheço que é ouro, ouro preto!

II

Feito sócio de Vitorino Arienim na cata de lavras, Ferdinando Arzão era jovem desapercebido de medos, mateiro experiente, e o que lhe faltava de cabelos na cabeça sobrava de esperteza nos negócios. Na virada dos Seiscentos para os Setecentos, ele e Vitorino Arienim embrenharam-se pelo córrego das pedras pretas. Seguiram o curso do rio de estranho nome, mais adequado às constelações que salpicam de estrelas o céu noturno: Gualaxo. No dia da festa da Nossa Senhora do Carmo, encontraram ouro em quantidade, exposto à superfície, mormente junto ao ribeirão que batizaram 'do Carmo', em homenagem à Virgem. A machadadas, deitaram ao solo árvores e arbustos, apartaram a galhada para secar e fazer lenha, ataram fogo na capoeira, destoucaram troncos e raízes com enxadões e picaretas, covearam o solo para receber sementes, limparam ervas e matos rasteiros. Ergueram ali capela feita de ramos de palmito, primeira construção do futuro Arraial do Ribeirão do Carmo, hoje Mariana.

Com uma mirada de soslaio, Vitorino Arienim conferiu o desenho do mapa – não correspondia à acidentada topografia descortinada a seus olhos.

III

Logo a notícia do ouro do Tripuí ganhou asas, correu vozes, suscitou delírios. O achado assombrou o pouco de Brasil daqueles idos. Ouro! Ouro em profusão! Ouro à flor da terra! Vitorino Arienim e Ferdinando Arzão trataram de mapear a região e arrendar catas à gente que se largava da família, do ofício, da vila, alucinada pelo sonho de riqueza abundante. A lavoura perdeu braços; a defesa, militares; as embarcações, tripulantes. Padres trocavam a batina pela bateia. O reluzir do ouro extravasava em fantasias a imaginação dos forasteiros, atraía-os a derrubar matas, plantar roças, se avizinhar e formar arraial, logo expandido em vila: vendas, capelas, estalagens, oficinas... Comitivas embandeiradas deixavam São Paulo para se afundar Minas adentro. Dizia-se que, naquele interior da Capitania, pisava-se em chão de estrelas. O ouriço da ganância ardia na Garganta do Embaú; dali se alcançava o caminho do ouro.

Vitorino Arienim e Ferdinando Arzão, arvorados em proprietários do que, de direito, pertencia à Coroa, exploraram de início, graças ao trabalho de terceiros, o ouro de aluvião, depositado no fundo dos rios; em seguida, o impregnado nas encostas, chamadas grupiaras ou catas altas. Arrendaram garimpo e ensinaram aquela gente a enxergar pelos poros. Bastava deparar-se com um ribeirão cujas águas não beijavam areia branca, mas roçavam seixos miúdos, para meter a picareta. Delimitavam-se lavras, abriam-se catas, cavava-se coisa de vinte a trinta palmos, desentupia-se o chão de terra avermelhada, até topar com o pedregulho. Rasgava-o com alavancas, depositava o desmonte na bateia e lavava-o. Logo o mineral faiscava e cegava o coração...

Abaixo do desmonte, à altura de uma braça, agasalhava-se o cascalho. Eram seixos maiores, fuligentos, escuros. Arrancados, exibiam a piçarra, barro amarelo-esbranquiçado semelhante à malacacheta, lavada e depositada no fundo côncavo da gamela, de modo a soltar terra e cascalho. Por fim, girava-se a gamela de modo a cuspir a terra, requebro moderado de sinhazinha tímida em baile de escravos. O ouro acumulava-se no fundo.

O mineral disturbava a cabeça daquela gente. Seu brilho ressoava no coração, ecoava na mente, reverberava na inveja, induzia à luxúria. Por todo o vale do Tripuí os homens traziam, no lugar de olhos, pequenos sóis a girarem nos glóbulos dilatados. Apeavam na região atracados na ignorância, perguntadeiros de ribeirões e catas, desorientados pelas falsas informações disseminadas pelos concorrentes. Todos cavalgavam na fantasia de desentranhar da terra o metal que produziria a alquimia de suas vidas.

IV

O ouro em pó se tornou moeda corrente. Os dois sócios investiram também em outra fonte de riqueza: o comércio de secos e molhados. Adquiriam produtos oriundos de São Paulo e do Rio de Janeiro para revendê-los nas Minas a preços exorbitantes. Sobremaneira escravos. Um negro trombeteiro valia mil cruzados; uma mulata de boa farra duas vezes mais, pago por quem pretendia multiplicar com ela contínuos e escandalosos pecados...

Os caminhos se diversificavam no rumo do destino aurífero. Pelo curso do rio São Francisco arribavam escravos, tecidos, gado, cavalos, farinha e sal. Um boi, comprado na Bahia por vinte ou trinta oitavas, ali valia cem; um paio ou uma galinha, três; um queijo, quatro; se fosse flamengo, dezesseis – o que produzia o trabalho diário de um escravo minerador; um barrilote de aguardente, cem; se fosse de vinho, o dobro; uma camisa de linho, quatro oitavas; um chapéu de fino castor, doze; um par de sapatos de cordovão, cinco; um negro ladino, trezentas; um moleque, cento e vinte; uma negra cozinheira não ficava por menos de trezentos e cinquenta. De quatrocentas a quinhentas oitavas valia um escravo charameleiro, trombeteiro ou gaiteiro, disputado para tocar em festas de igreja, reisados e encamisadas.

Vitorino Arienim e Ferdinando Arzão faziam lotes de gado entrar pelo rumo das Minas para fartar de carne os que ali labutavam. Os rebanhos, provindos da Bahia, desciam guiados pelas curvas sinuosas do São Francisco. Às costas de cavalos e muares, acomodados em grandes cestos, vinham aguardente, carne-seca, rapadura, fumo, sal, toucinho, peixe seco, algodão. Ao contrário dos paulistas, que cruzavam a Serra da Mantiqueira de pés nus, os fornecedores de Vitorino Arienim, oriundos do Norte, cobriam pés e pernas com tecidos de algodão ou calçavam botas de cano longo – o que os fez merecer o apelido indígena de 'emboabas', pássaros de pernas emplumadas.

V

O brilho do eldorado logo se apagou. O excesso de garimpeiros, os controles estabelecidos pela Coroa e a falta de mantimentos – já que a lavoura carecia de braços – fizeram a morte surpresar medonha. Vitorino Arienim e Ferdinando Arzão, afetados pelo desabastecimento, se perguntaram de que valia a refulgência das pepitas que tinham em mãos se não havia pão, carne, milho, feijão... e o corpo padecia de vigor e defesa contra as enfermidades?

A dupla advertia aos novos mineradores de que naquelas montanhas só restara o oco do aborto. Tudo fora extraído: entranhas, vísceras, órgãos e esqueleto. Ficara a casca de um imenso vazio, repleto de fantasmas e morcegos.

Acossados pela fome, Vitorino Arienim e Ferdinando Arzão comiam broto de samambaia e de bananeira da serra, bunda tostada de tanajura, bichos de taquara assados ou torrados. Seus animais de carga ficavam sob vigilância dia e noite, para evitar serem retalhados pela turba esfomeada.

VI

Fechados caminhos e veredas do formigueiro humano, de modo a controlar o fluxo da riqueza e combater a evasão fiscal, Vitorino Arienim e Ferdinando Arzão puseram fé na impossibilidade de se vedar os buracos daquela peneira e se dedicaram ao contrabando de ouro. Associaram-se a padre Florêncio, homenzarrão de pele leitosa a contrastar com o negrume da batina preta. Ao apear nos pedágios e nos postos de fiscalização de entrada e saída de escravos, animais, cargas de secos e molhados, o sacerdote era acolhido com reverência. Ali tudo se examinava em busca de ouro e diamante: cestos e bastões, saltos de sapatos e botas, selas e cangalhas, bolsas e armas de fogo. Descosiam-se roupas e, com hastes de ferro, perfuravam-se queijos, toucinhos e rolos de fumo, sacos de milho e chumaços de algodão. Exceto as imagens de madeira do santoral de padre Florêncio, talhadas, segundo ele, para presentear nobres de Lisboa. Mal sabiam os guardas que, no ventre de um São Francisco ou nas coxas de uma Santa Bárbara, subtraía-se ouro. Graças aos santos de pau oco. Nem desconfiaram Vitorino Arienim e Ferdinando Arzão que o homem de Deus haveria de arruiná-los ao denunciá-los como sonegadores e escafedecer-se enriquecido para as bandas de Sorocaba, onde se consagrou a pastorear rebanhos de gado nas terras de perder de vista de suas fazendas.

VII

Vítima do conto do vigário, sem peias e meias, Ferdinando Arzão recolheu-se à família em Taubaté. Vitorino Arienim buscou refúgio nas gerais. Jamais se descuidava do cilindro de couro com o mapa, sempre atento a conferir o desenho com a paisagem em que derramava os olhos. Expedito, se vigiavam os caminhos, ele se enfiava pelas veredas; se controlavam as veredas, intrometia-se pelas picadas; se fiscalizavam as picadas, seguia pelas trilhas. Do corpo daquela terra conhecia todas as rugas e reentrâncias. Tanto burlava os olhos da Coroa que se dizia não ter aquela região nem lei nem rei.

VIII

Manuel Garcia Velho deitou olhos cobiçosos no ouro de Vitorino Arienim. Sabia-o solteiro; propôs-lhe trocar duzentas oitavas por uma índia formosa à sua escolha. Garcia Velho trazia sempre consigo um harém, fruto de caça e sedução. Negociava os índios machos como escravos e, as fêmeas, para serventia de quem lhe pagasse o preço. Vitorino Arienim escolheu uma mocetona de olhar viçoso e inteligente, dotada de fala solta e adensada, a quem o bandeirante tratava como filha e ensinara letras e modos. Nomeou-a Aurora.

IX

Aurora e Vitorino Arienim se instalaram em Ibituruna, onde ela deu a ele três filhos: Gastão, Filomena e Otaviano.

APONTAMENTO QUATRO
GUERRA

A notícia de uma guerra latente na região das Minas abortou a sesta de Vitorino Arienim. Mal acabara de se estirar, a pernas soltas, na rede da varanda, sob olhares vigilantes do burro Trenâncio, quando Aurora irrompeu aos gritos:
– Vai chover bala! Vai chover bala!

Ora, nada mais inconveniente a um homem de bucho e pálpebras pesados, após lauta refeição – na qual se destacavam crocantes torresmos e linguiças de porco –, do que tomar ciência de algo a lhe estorvar o sono. Aconchegar-se na rede, cerrar os olhos após estufar o ventre de apetitosa comida, e escutar os acordes malcheirosos da própria flatulência, eram-lhe tão sagrados quanto sua confiança no burro Trenâncio, machinho rosilho ao qual atribuía supimpa inteligência.

No entanto, Vitorino Arienim considerou mui auspiciosa a notícia, duvidoso se o sono lhe abrira a mente aos sonhos ou os ouvidos não se haviam fechado de todo. Sem se dar ao trabalho de desentortar o parafuso da interrogação, julgou que, enfim, o Brasil se civilizara, alçara-se ao patamar dos grandes feitos da história. Uma guerra! Ouvira falar das guerras de Troia, Púnicas e europeias. E eis que, reluzindo em ouro, Minas despontava como palco de uma verdadeira guerra: a dos emboabas contra os bandeirantes.

Não estava seguro; teria atinado com as causas de tal conflito? Disso Aurora – que muito conhecia da gente mineira, pelos anos crescidos a perambular com Garcia Velho – nada sabia, apenas ouvira a fala-fala das lavadeiras à beira do rio. A índole aventureira, entretanto, o impelia a participar do conflito. E quem sabe a refrega não o ajudaria a elucidar o mapa!

– Participar de que lado? – quis saber a mulher.

– Ora – exclamou –, que importa o lado se por si mesmo o combate engrandece o homem? Para que razões onde a vida exige virtudes? Para que motivos se o que está em jogo é o heroísmo, a disposição ao sacrifício, a coragem frente aos inimigos?

Inimigos?!... Ele não os tinha. Nem Borba Gato, que o destratara, semeara-lhe ira no coração. Sequer estava em condições de cumprir o preceito bíblico de 'amar os inimigos'; para tanto se fazia necessário ter ao menos um. Sua mineirice o induzia a erguer os olhos admirados aos desbravadores paulistas – a gente das minas; e a prestar reverência aos industriosos reinóis oriundos da Bahia – a gente das gerais. Era dos que preferem ficar em cima do muro, não por imparcialidade, mas para enxergar melhor os dois lados.

Vitorino Arienim deixou os filhos em Ibituruna, aos cuidados de babás e amas de leite e, acompanhado da mulher, montado em Trenâncio, dispôs-se a alcançar o campo de batalha. Tomou o rumo do rio das Velhas.

– Vai mesmo para a guerra? – indagou-lhe Aurora.

– Sim, pronto a batalhar pela justiça.

– De que lado?
– Do Manuel.
A mulher meneou a cabeça:
– Do Manuel? Ora, os dois lados são comandados por Manuel. A diferença é que o dos emboabas se chama Manuel Nunes Viana, e o dos bandeirantes, Manuel de Borba Gato.

De estalagem em estalagem, Vitorino Arienim se inteirou de que Borba Gato comandava os que afluíam às Minas pelo Caminho Geral do Sertão e davam as costas a São Paulo, na caça de minerais preciosos, e também de tapuias, para escravizá-los nas lavouras. Lisonjeava-se o bandeirante com o apoio da Coroa, tão generosa por distinguir paulistas como gentis-homens da Casa Real e cavaleiros das ordens militares de Cristo, Aviz ou Santiago. Pioneiros na região, os paulistas se apegavam ao direito de precedência.

A guerra era, de fato, uma disputa entre o negociante e o minerador. Mediam ferros, de um lado, a gente descalça de Borba Gato, os bandeirantes, a indiada iletrada, os negros cavadores de minas; do outro, reinóis, oficiais de El-Rey, baianos, comerciantes, agricultores, pecuaristas, e também escravos mineradores, liderados pelo genioso Nunes Viana, português parido em Viana do Castelo. Aportou imberbe na Bahia, após viajar de Lisboa a Luanda e, por mais quarenta dias, até Salvador. Veio com os pais num tumbeiro, embarcação carregada de escravos, assim conhecida porque muitos, vitimados pelas agruras da viagem, tinham o Atlântico como tumba. Afamou-o o temperamento explosivo a faiscar-lhe os imensos olhos verdes. Ao desafiar quem o peitasse, caiu nas graças do governador do Brasil, Luís César de Meneses, após derrotar dois homens em duelo. Na refrega, teve a espada partida no copo. Sem temor, fez do próprio chapéu escudo e arma; ao apossar-se do espadim de um dos adversários, feriu-o de morte. O outro ganhou pernas.

Tratou Nunes Viana de amealhar fama e fortuna ao incrementar o contrabando de gado para as Minas; descia as barrancas do São Francisco tangendo bois, a braços com frades fugidios do Maranhão e – hipnotizados pelo ouro – mercadores, carapinas, artesãos, mecânicos, cristãos-novos, foragidos da Justiça, arrivistas em busca de terras e tesouros, atentos ao voo esquivo dos urubus a que chamavam corvos. Adquiriu terras às margens do São Francisco e minas de ouro em Caeté. Enricado, prebendava a quem lhe acorresse em busca de auxílio. Culto, trazia sempre consigo um volume de *Portugal restaurado*, do Conde de Ericeira.

II

A notícia de que aflorara ouro em abundância no Arraial Novo de Nossa Senhora do Pilar – atual São João del Rei – fez Vitorino Arienim engrossar a multidão confluída para a região do rio das Mortes. Ali, como em toda Minas, corria solta a cachaça a atiçar espíritos de porco, multiplicar impropérios, promover brigas e homicídios. Bastava uma dose para despregar insultos e ofensas – proferidos sobretudo pela boca de um tal José Machado, inimigo do sossego público, contumaz em ameaçar pacatos moradores. Fiado numa espingarda de bom tiro, percorria ruas a destratar a quem lhe atravessasse os humores.

A Vitorino Arienim também sucedeu: ao entrar no arraial – tendo por montaria o burro –, para comprar telhas e cobrir o barraco de taipa que erguera junto a uma lavra, Machado estancou inflado à sua frente e engrossou a voz:

– Qual dos dois é o burro?

Dito assim, pôs-se a rir. "Melhor não responder nem reagir. O cara está bêbado", conclui de si para si Vitorino Arienim. Trenâncio exibiu o arreganho dos dentes.

– E por que este animal ri de mim? – protestou o arruaceiro.

Como não houvesse reação, logo se afastou, com certeza convencido de não valer a pena bulir com um pobretão que nem sequer dispunha de um cavalo.

Nem bem dera três passos, Machado se deparou, vindo a pé, em sentido contrário, com Aurora. Ergueu as sobrancelhas ao avistar a mulher e já se cobria de dengos quando a viu puxar da sacola uma pistola. Obedeceu à ordem de largar a espingarda e tratou de refugiar-se na casa de um ferreiro amigo, próxima dali. Um paulista, tio de Machado, correu a socorrê-lo. Antes que pudesse resgatar o sobrinho, a turba enfurecida cercou a casa, fez sair o ferreiro e pôs fogo. Premidos pela quentura e o pavor das chamas, tio e sobrinho deram asas às pernas; uma vez na rua, os recebeu uma saraivada de balas. Os corpos quedaram aos urubus.

O povo do arraial refugiou-se nas adjacências por temor à vingança dos paulistas. Apenas um pequeno grupo de homens, convocado por Vitorino Arienim, ousou entrincheirar-se numa casa e aguardar os agressores. Os bandeirantes deram as caras na tarde do dia seguinte; frente à resistência emboaba, ergueram a bandeira branca e suplicaram o direito de enterrar seus mortos, o que lhes foi concedido.

III

Dias depois, Vitorino Arienim mereceu a honra de se deixar conduzir ao acampamento emboaba no distrito do rio das Velhas. Sob um jequitibá de copa arredondada, avistou um sujeito engordalhado estirado sobre uma esteira de palha colada ao chão. Os suspiros de suas narinas dilatadas erguiam tufos espiralados de poeira. Olhares atentos lhe velavam o sono. Um homem agigantado se destacou do grupo e veio-lhe ao encontro. Cruzou os lábios com o dedo indicador, em sinal de silêncio. Sussurrante, advertiu:

– Ele faz a sesta.

– Ele quem?

– O general Nunes Viana.

– É ele? – surpreendeu-se Vitorino.

– Em carne e osso – confirmou o homem.
Na verdade, mais carne que ossos. E acrescentou:
– E eu sou seu escravo Bigode.

IV

Contado desde então entre os chefes emboabas, Vitorino Arienim reuniu a família e fixou morada em Caeté. Respirava-se ali forte tensão. Borba Gato acusava Nunes Viana de contrabandista; teria este penetrado em terras mineiras a pretexto do gado que, retirado para pastagens menos acidentadas da Bahia, levava ouro na canga sem pagar o quinto à Sua Majestade, Dom João V, o Magnânimo, com danos à Fazenda Real.

A tensão se agravou quando Jerônimo Pedroso, paulista, cismou de comprar a espingarda que pertencera a Machado e que, à porta do açougue, viu em mãos de Aurora, desinteressada em vendê-la. Como uma reles tapuia ousava contrariar a vontade de quem descobrira as Minas? Vendo-se ameaçados, Vitorino Arienim, mulher e filhos trataram de se proteger junto a Manuel Nunes Viana, que os abrigou sob o próprio teto. O escravo Bigode recadou ao paulista que, se quisesse a arma, fosse buscá-la em casa de seu senhor. Humilhado, Jerônimo Pedroso convocou seus sequazes; enfurecido, multiplicou pernas na direção de Nunes Viana. Este, precavido, recebeu-os a bala, e aos gritos:

– Jerônimo, eis os tiros da espingarda que você tanto queria!

Jerônimo Pedroso conservava as brasas do ódio sob as cinzas do disfarce. Sob a liderança de seu irmão, Valentim Pedroso, acalentava uma vingança implacável que haveria de "matar todos os filhos de Portugal".

Emboabas e paulistas, cada um esperava do outro violenta e imprevisível agressão. De fato, os bandeirantes haviam aberto trilhas, fundado arraiais e povoados, furado as minas, mas eram os comerciantes, artífices e frades que asseguravam roupas, alimentos, escravos, ferramentas, sem os quais a vida na região aurífera se tornaria impossível. E esses mais letrados e operativos tomavam partido a favor de Nunes Viana.

V

Numa sexta-feira, Vitorino Arienim, acompanhado da família, dirigiu-se à igreja para acender vela a São Gabriel, na devota esperança de que o anjo o socorresse na decifração do mapa herdado de seu bisavô. Talvez estivesse ali indicado um tesouro que o livraria de contendas e refregas e lhe propiciaria vida regalada. Pregado à porta, avistou um comunicado em letras de cego, de modo que dele todos tomassem conhecimento:

> **BANIMENTO**
>
> *Declaro, em nome de Sua Majestade (que Deus o guarde), o senhor Manuel Nunes Viana – amotinado, alvoroçado, perturbador da ordem pública e defraudador dos direitos devidos à Coroa – banido do distrito do rio das Velhas, do qual deve se ausentar para sempre no prazo de vinte e quatro horas.*
>
> Manuel de Borba Gato, superintendente das Minas.

Sufocado em aflições pelo lido, Vitorino Arienim pediu perdão ao anjo, abandonou a vela apagada, correu a Nunes Viana para comunicar-lhe a ordem. O gajo, assentado em orgulho, redigiu carta ao superintendente, da qual fez Vitorino Arienim portador. O bandeirante o recebeu com afagos, sem no entanto se desculpar pelas humilhações outrora impostas ao filho adotivo. Na missiva, Nunes Viana rejeitava a punição apregoada e negava a Borba Gato autoridade para bani-lo: "Vossência bem sabe que sou daqueles raros súditos de Sua Majestade (que Deus o guarde) sempre disposto a dar um boi para não entrar em briga e a boiada para permanecer de fora. Na região do rio São Francisco, onde tenho propriedades, costumeiramente agi como pacificador ao sinal do menor conflito. Vossência, entretanto, alia-se aos paulistas, dos quais partilha berço, responsáveis pela quebra da paz nessas Minas. Jamais um deles foi banido por sua suposta autoridade. Saiba, ademais, que meu desentendimento com Jerônimo Pedroso é pessoal, e não de interesse público. Vossência não tem que se meter."

Não tardou a lua recolher-se ao advento dos primeiros raios de sol, e eis que se afixou novo edital à mesma sacra porta:

> ## A UM E A TODOS
>
> *A um – o vassalo Manuel Nunes Viana – obrigo, pela autoridade a mim revestida por benevolência de Sua Majestade (que Deus o guarde), abandonar para sempre, em vinte e quatro horas, este distrito. Caso não o faça, terá imediatamente todos os seus bens confiscados.*
>
> *A todos advirto que terão os bens confiscados e receberão pena de prisão quem socorrer ou apoiar o reinol supracitado.*
>
> Manuel de Borba Gato, superintendente das Minas.

VI

Na missa da manhã seguinte, Vitorino Arienim acendeu vela a São Gabriel e acresceu, ao pedido para que o anjo trouxesse luz sobre o mapa, uma reza forte pela paz na região. Pois nem o gajo deixou o distrito, nem o superintendente cumpriu o ameaçado. Como bom mineiro, Vitorino Arienim meteu-se a congraçar os ânimos. Foi ter com Nunes Viana e Borba Gato em delicada gestão que resultou, sem alarde, no aperto de mãos entre o português e os irmãos Pedroso.

VII

Um mês depois, no distrito do rio das Velhas, dois filhos do paulista José Pardo mataram um português pelo simples prazer de experimentar a pistola que o pai lhes presenteara. Convencido de ser aquele o primeiro de uma série de assassinatos planejados pelos paulistas, um grupo de emboabas cercou José Pardo e o linchou até a morte. Malgrado os insistentes apelos de Vitorino Arienim para que fossem entabuladas novas negociações, a partir daquele dia os emboabas trataram de desarmar os bandeirantes em toda a região das Minas. Antes de retornarem em fuga ao seu rincão de origem, os derrotados queimaram casas de emboabas em Vila Rica. Em retaliação, na localidade vizinha de Ribeirão do Carmo a gente de Nunes Viana deu fogo às cabanas de taipa erguidas nas lavras auríferas exploradas pelos paulistas.

Os paulistas deram trabalho aos emboabas. Invadiram arraiais, atiraram em todas as direções, disseminaram o pânico. Dos índios haviam aprendido a tática de promover rápidos ataques e, em retirada, se esconderem sob a intrincada vegetação. De armas, traziam espingarda, clavina, escopeta, bacamarte, espada, e até arco e flecha. Não nutriam o menor respeito pelos mortos; esquartejados os corpos, ateavam fogo.

Enquanto os reinóis se embaraçavam pelos matos carregados com mosquetes e espingardas, espadas e mochilas, os paulistas, hábeis mateiros, pés descalços e roupa exígua, transitavam ligeiros. Preferiam, a modo dos gentios, atacar de assalto à noite; incendiavam casas e igrejas, levavam consigo gado, porcos e aves. Perseguidos, confundiam-se com a vegetação; como os pássaros, alimentavam-se de frutas silvestres, e também de vermes, cobras, caças aladas ou rastejantes.

Por sua vez, Nunes Viana empunhava mão de ferro, recrutava à força homens e cavalos e, em Vila Rica, condenava à morte os recalcitrantes. Mais industriosos, os emboabas erguiam fortificações protegidas por estacas à roda, e abriam trincheiras e fossos nas áreas de combates frequentes.

Findo o ano, quase todo o território das Minas estava sob domínio emboaba – comerciantes, reinóis, artífices, burocratas, clérigos – que, por suas habilidades profissionais, funções públicas e lustres intelectuais, julgavam-se portadores de civilização.

Humilhados e ofendidos, os paulistas que ainda restaram na região concentraram-se no distrito do rio das Mortes.

VIII

Entre o Natal e o Ano-Novo, Nunes Viana convocou Vitorino Arienim a Cachoeira do Campo. Congregaram-se ali os chefes emboabas. Formado o Conselho das Minas, escolhidos entre eles seis eleitores, incluído Vitorino Arienim, elegeram Manuel Nunes Viana governador das Minas dos Cataguases. Foi a primeira eleição da história das Américas. Aclamado pelos presentes, logo entrou em disputa com Borba Gato: invadiu-lhe a jurisdição, nomeou novo superintendente das minas, proveu postos e organizou três milícias de modo a intimidar os paulistas. Aurora alertou o marido:

– O gajo usurpa as atribuições da Coroa. Com certeza não há de ficar sem resposta. Pois entre os nomeados por ele figura um homem malvado, desprovido do mais ínfimo escrúpulo: Pascoal da Silva Guimarães.

Aurora informou tratar-se de um patrício de Nunes Viana, caixeiro-viajante no Rio de Janeiro, onde chegou ainda moço. Instalou-se mais tarde em Vila Rica. Por extrair ouro com mão de obra escrava e meter as próprias na arte de alterar balanças, amealhou fortuna suficiente para encobrir-lhe a origem humilde em Guimarães. Dizia que a riqueza nisto se comparava à grandeza: adquirida tinha mais mérito que a herdada. Angariou trezentos escravos e dois engenhos no rio das Velhas. Mestre de campo, andava pelos sertões das Minas entregue ao comércio de carne de gado, fumo de rolo e aguardente. Queria para si todo um arraial, o do Morro do Ouro-Podre, no qual morava em Vila Rica. Ainda que sem força de lei, tratava de impedir que casa ou venda fosse ali instalada sem o seu prévio consentimento. Aferroou-se de tal modo ao domínio da área que esta passou a ser conhecida como Morro do Pascoal. Na opinião de Aurora, manifestava-se assim seu caráter oficioso e refolhado, brando e vingativo.

IX

Para completo domínio das Minas, faltava aos emboabas evacuar do distrito do rio das Mortes o reduto bandeirante. Coube a missão a Vitorino Arienim, que bem conhecia a região. À frente de um destacamento de duzentos homens, obrigou os paulistas a recuarem para Paraty ou São Paulo. Entrementes, cinquenta retardatários, quase todos brasis ou mestiços, entrincheiraram-se num capão. À passagem da milícia emboaba, detonaram balaços e causaram ferimentos em alguns. Cercados os agressores, os milicianos prometeram não lhes dar trégua enquanto não se rendessem e entregassem as armas. Acuados, sem alternativa à sobrevivência senão a rendição, os paulistas descansaram armas e rogaram clemência.

Foi então que Vitorino Arienim decidiu consultar Nunes Viana. Deveria liberá-los ou os manter presos para evitar novos ataques? Antes de empreender viagem, confiou sua tropa ao comando de Bento do Amaral Coutinho que, arvorado em senhor absoluto da situação, deu ordens para que nenhum restasse vivo. O genocídio imprimiu ao lugar o recordativo nome de Capão da Traição.

X

Todo o Rio de Janeiro soube da iminente partida para as Minas do governador Dom Fernando Martins Mascarenhas de

Lencastre. Acusava Nunes Viana de régulo e, a seus seguidores, de desleais à Sua Majestade:

— Há que apagar o quanto antes este incêndio — bradou Sua Excelência —, que poderá abrasar o largo distrito das Minas e pôr em perigo todo o Estado do Brasil.

Decidiu ele próprio intervir e depor o gajo.

Por ordens régias, proibia-se ao governador de se ausentar da sede do governo, exceto em casos de emergência. O Conselho da Capitania considerou, entretanto, a guerra entre emboabas e paulistas motivo suficiente a exigir o deslocamento de Dom Lencastre, mormente por prejudicar inúmeros moradores do Rio que mantinham negócios na região aurífera. Sabia-se, ademais, que em São Paulo arregimentavam-se voluntários para a reconquista das Minas.

Decidido, o governador deu as costas ao mar, rumo às montanhas mineiras. Acompanhavam-no reduzido séquito e duas companhias de infantaria. Preocupava-o a notícia de que os emboabas contavam com um exército de trinta mil homens; no confronto, ele pendia indisfarçadamente a favor dos paulistas. Por conhecer a ficha dos líderes emboabas, tinha-os na conta de desordeiros e facínoras.

Duas semanas depois, apeou em Arraial Novo. Por ordem de Vitorino Arienim, mereceu solene recepção, com direito a janelas derramadas em alcatifas, damascos e sedas orientais, e três noites de luminárias acesas em todas as casas. Durante um par de dias, entrevistou representantes dos dois lados do embate, de forma a robustecer sua opinião. Em seguida, convocou emboabas e paulistas ao terreiro de seu quartel. Ali professou apaziguamentos; se eram todos súditos do mesmo El-Rey, motivos não havia para manterem tão dessemelhada refrega.

Já que nenhum dos dois Manuel se fazia presente, nem o Nunes Viana nem o Borba Gato, elegeu-se um representante por cada partido e firmou-se o acordo de paz. Vitorino Arienim assinou-o em nome dos emboabas. Inflado pela vaidade de arguto negociador, o governador tomou o rumo Norte da região das Minas; recusou escolta tanto da parte dos paulistas quanto dos emboabas. Aceitou, contudo, que Vitorino Arienim o acompanhasse – o que este fez refestelado no lombo do burro Trenâncio.

XI

Próximo a Congonhas do Campo, Dom Lencastre topou com Nunes Viana, que se fazia acompanhar por quatro mil combatentes; o líder emboaba ignorou os rogos de paz de Vitorino Arienim e instou o governador a rodopiar calcanhares e retornar ao Rio de Janeiro; o povo das Minas não o queria. Destemidos, os emboabas deram vivas "ao nosso general Manuel Nunes Viana" e "fora Dom Fernando", "morra Dom Fernando".

A galope célere, o governador fugiu sob o alarido de tambores e clarins, e milhares de negros e brancos a erguer-lhe espadas e armas de fogo.

XII

Vitorino Arienim alertou Nunes Viana quanto às consequências de sua atrevida ousadia de pôr a correr o governador. Para abrandar os humores de Dom João V, o chefe emboaba remeteu a Lisboa o quinto arrecadado – dezesseis quilos e seiscentos e noventa e três gramas de ouro.

XIII

Malograda a missão do governador Dom Fernando Mascarenhas de Lencastre, a Coroa afastou-o do cargo. Nomeou, para ocupá-lo, Antônio de Albuquerque, sob recomendação de ir às Minas e proclamar, para emboabas e paulistas, anistia geral, exceto a Manuel Nunes Viana.

Nascido em Lisboa, Antônio de Albuquerque chegou ao Maranhão, cujo governo seu pai assumira, aos quatro anos de idade. Adulto, seguiu os passos do pai: governou o Grão-Pará e o Maranhão. Afetado pela malária contraída em viagens amazônicas, retirou-se para Portugal, tendo participado da guerra espanhola de sucessão.

Ao desembarcar no Rio de Janeiro, o novo governador reuniu o Conselho da Capitania e consultou-o da conveniência de viajar às Minas. A maioria o desaconselhou. Ainda assim, julgou dever fazê-lo para sossegar Sua Majestade. O visto com um par de olhos traz mais certeza que o ouvido com um par de orelhas.

Notícias de dissensões entre os chefes emboabas já o haviam alcançado. Nunes Viana entrara em desacordo com as gestões de Vitorino Arienim em prol da paz.

XIV

Antônio de Albuquerque deixou o Rio de Janeiro acompanhado de apenas doze homens. Sem aviso prévio, descavalgou-se em Caeté e bateu à porta de Vitorino Arienim, ciente de que meu ancestral se empenhava pelo fim do conflito. Frisou que tais enfrentamentos representavam um desserviço à Coroa.

Vitorino Arienim rogou a Albuquerque conceder-lhe a honra do compadrio, aceitando batizar Otaviano, o caçula. No que foi atendido, ofereceu-lhe seus préstimos.

Sem delongas, e sabedor da amizade do neocompadre com o líder emboaba, instou-o a transmitir mensagem a Nunes Viana. Exigia-lhe, em nome de Sua Majestade, retirar-se definitivamente das regiões auríferas das Minas, no prazo de três dias, e retornar às suas fazendas.

Para surpresa e gáudio de Antônio de Albuquerque, a embaixada de Vitorino Arienim obteve sucesso: o gajo não apresentou resistência. Mostrava-se alquebrado e desgastado com tantas desavenças em seu partido. Apenas encarregou o mensageiro de retornar com o pedido de que a ordem fosse prorrogada por seis dias, de modo a preparar tropa de muares, bagagens e provisões para a viagem. No sétimo partiu, tendo se retirado à sua Fazenda da Tábua, na confluência dos rios das Velhas e São Francisco.

XV

Com Vitorino Arienim incorporado ao seu séquito, o governador trocou Caeté por Sabará, onde aprovou medidas da fugaz administração Nunes Viana, revogou outras e, apesar dos protestos do compadre, reconduziu Borba Gato ao cargo de superintendente das minas. Dada por cumprida sua missão pacificadora, Antônio de Albuquerque retornou ao Rio de Janeiro pelos caminhos que cortavam a região do rio das Mortes. Ali soube, por rumores aleivosos, que mais de dois mil paulistas, liderados por Amador Bueno da Veiga, homem endinheirado, se acercavam para reconquistar o território aurífero.

Antônio de Albuquerque houve por bem enviar Vitorino Arienim a São Paulo, para dissuadir os invasores. Ao encontrá-los em Guaratinguetá, o emissário constatou, surpreso, que quase toda a tropa se constituía de índios e mestiços, havendo poucos brancos, entre os quais os irmãos Pedroso, cuja petulância dera ensejo ao conflito.

Insistiu Vitorino Arienim para que Amador Bueno da Veiga desse ré à empreitada; a guerra que pretendia fazer aos reinóis carecia de justiça, já que uns e outros eram iguais vassalos da mesma Coroa. Se teimasse no propósito belicoso de retirar os emboabas pela força, incorreria em crime de lesa-majestade.

O paulista frisou não poder suportar calado tantas humilhações; insistiu que as Minas pertenciam a seus conterrâneos, que não abririam mão do senhorio delas. El-Rey haveria de acatar-lhe os argumentos ao ter ocasião de os fazer chegar a Lisboa.

Vitorino Arienim cavalgou sem trégua, dia e noite, submetendo Trenâncio aos mais duros sacrifícios, para alcançar Minas antes dos paulistas e prevenir a população que se precavesse: a invasão de Arraial Novo se fazia iminente.

O alerta levou todos os moradores a se entrincheirarem, guarnecidos de muitos mantimentos. Ergueram uma fortaleza no rio das Mortes, onde duzentos e sessenta brancos e quinhentos negros, comandados por um forro, aguardaram belicosamente os invasores. Entre a tropa de escravos, alguns portavam armas de fogo; os demais, foices e paus de ponta tostada.

XVI

Pobre Arraial Novo! É quando se descansa os pés que a cobra ataca. Como se previa, Amador Bueno da Veiga, inchado de ira e espichado de milicianos, invadiu o povoado. Devotado leitor de livros de cavalaria, fazia-se preceder por um vistoso estandarte encarnado a exibir a efígie de São Paulo.

Graças a Vitorino Arienim, não logrou surpresar o inimigo. Foram cinco dias de escaramuças sob fogos de espingardas, bacamartes e mosquetes. Avizinhados à derrota, enfadados por tão ruins sucessos, os paulistas apelaram à diplomacia. Instaram os sitiados a calarem armas e abraçarem a rendição. Pedido em vão; prestes a serem socorridos por reforços, os emboabas se sentiam bafejados pela vitória.

Os invasores aquartelaram-se na casa construída por Vitorino Arienim. Tomaram por refém seus três filhos e obrigaram Aurora a comunicar ao adversário que o cerco tinha o selo da vingança do massacre de Capão da Traição. Dispunham-se, entretanto, a entabular entendimentos; quem sabe resultasse numa concordata conveniente a todos.

Posta em votação, a proposta suscitou prós e contras. Os prós suplantaram a discordância. Arrepiado ao ver a família aprisionada pelos paulistas, Vitorino Arienim ofereceu-se para desentrincheirar-se como embaixador.

Em meio às conversações, escutou-se um tiro de pistola; não se sabe se por ordem ou descuido. Assustado, Vitorino Arienim se escafedeu e, nas carreiras, levou consigo mulher, filhos e o burro Trenâncio, sem olvidar o canudo com o mapa.

Reiniciado o confronto, os paulistas avançaram sobre a trincheira emboaba. Rato rumo à ratoeira – o inimigo, tendo em mãos armas curtas, aguardou se aproximarem e, súbito, descarregou munição sobre os paulistas, derrubando o alferes que portava a bandeira. Os agredidos recuaram, atirando de detrás das casas e da igreja. Enquanto se mantinha o confronto, três vezes os bandeirantes mandaram emissários para persuadirem os emboabas a entregar as armas, e assim o passado cairia em perpétuo esquecimento. Responderam os reinóis que as armas eram de El-Rey, não podiam fazê-lo sem ordem do governador, e estavam dispostos a seguir em luta até o último homem.

Em plena madrugada de sábado, Vitorino Arienim e uma milícia de emboabas, abastados em coragem, desalojaram os paulistas ao pôr fogo nas casas que ocupavam.

Pela manhã de domingo, os últimos paulistas bateram em retirada.

XVII

Terminada a refrega, abriram-se os caminhos das Minas a ordenanças e ordenados, civis da administração régia, burocratas, fidalgos e, com eles, os negros, já que os tapuias se insubordinavam à roupa e ao mando, afeiçoados por natureza à nudez das árvores e à liberdade dos pássaros. Se os índios se ajustaram – à custa de muita sova e soca – à aventura guerreira das entradas e bandeiras, melhores os africanos para a vida nas lavras, a cultura dos metais, o sedentarismo nas galerias auríferas.

XVIII

A Corte indultou os revoltosos por artes e rogos de Vitorino Arienim, que desde os tempos dedicados ao contrabando do ouro aprendera a encurtar a distância entre a colônia e a metrópole. E El-Rey nomeou Antônio de Albuquerque governador da recém-criada Capitania de São Paulo e Minas do Ouro, divorciada da Capitania do Rio de Janeiro.

XIX

Por sugestão de Vitorino Arienim, o governador reuniu em Sabará representantes da nobreza, do clero e do povo, inclusive Borba Gato. Ofereceu-lhes banquete cardapiado por rica variedade de carnes de caça: perdiz, codorna, paca, tatu, caititu, anta, veado, quati e capivara. E ainda arroz, feijão, farinha de milho, torresmo, porco assado, galinha, couve, abóbora e batata-doce. No sobejamento da comilança, Antônio de Albuquerque comemorou ter El-Rey, por recomendação do Conselho Ultramarino, proibido a venda e circulação de um livro autorizado pelo Santo Ofício: *Cultura e opulência do Brasil por suas drogas e minas*, de autoria de um certo Antonil, pseudônimo do jesuíta italiano João Antônio Andreoni, reitor do Colégio da Bahia e confessor de governadores-gerais.

Frente às objeções liberais de Vitorino Arienim, Sua Excelência frisou que a obra descrevia todos os caminhos que levavam às Minas; expunha a nudez da Capitania aurífera aos olhos cobiçosos de nações estrangeiras.

Ao findar o repasto, anunciou-lhes que El-Rey decidira, ao criar a nova Capitania, erigir três arraiais à dignidade de vilas administradas por Câmaras Municipais: Ribeirão de Nossa Senhora do Carmo, atual Mariana; Vila Rica d'Albuquerque, atual Ouro Preto; e Vila Real de Nossa Senhora da Conceição do Sabará.

À saída, Aurora comentou com o marido:

– Como se abrem as asas da vaidade humana, em especial dos que galgam os cimos do poder! Reparou no nome dado pelo governador ao antigo Arraial de Vila Rica? Acresceu à vila o próprio sobrenome!

Vitorino Arienim fez chegar à Corte o protesto do casal e, em boa hora, Dom João V – o beato, o baboso, também conhecido por freirático, tal sua tara por prenhar freiras – indignou-se a ponto de ameaçar o governador de crime de lesa-majestade, o que obrigou Antônio a retirar o Albuquerque e devolver à nova vila o nome original.

XX

Indultado após governar Minas por nove meses, Manuel Nunes Viana obteve ainda de El-Rey muitas mercês: terminaria fidalgo, investido no hábito de Cristo, com o título de Alcaide-Mor de Maragogipe, e na posse de cartório em Sabará. De fortuna, oitocentos quilos de ouro.

Manuel de Borba Gato encerrou seus dias em Paraopeba, onde faleceu aos noventa anos de idade.

Aurora e Vitorino Arienim, aliviados da guerra, galgaram a serra da Mantiqueira em busca de indícios correspondentes ao mapa. Ao anoitecer de um dia invernal, o burro Trenâncio enveredou-se desinteligentemente pela falsa trilha de um despenhadeiro, atraindo a égua montada por Aurora. Os animais não lograram transmutar patas em asas, precipitando o casal nas garras da morte.

Os filhos tiveram melhor sorte: Filomena se casou com um abastado proprietário de terras de São José del Rei e pariu dez filhos. Gastão abraçou a religião sem, no entanto, tomar tonsura, e como ermitão embrenhou-se pelos cumes da serra do Caraça, onde, à semelhança de São Francisco de Assis, transformava lobos em dóceis cordeiros. Otaviano, o mais novo, resgatou o canudo de couro com o mapa e, movido pela sina aventureira dos Arienim, largou os estudos que cursava aos pés de um cônego e decidiu entregar-se à procura obsessiva de pedras preciosas.

APONTAMENTO CINCO
REVOLTA

A Otaviano Arienim resultaram infrutíferas as garimpagens e o empenho em se deparar com topografia correspondente ao desenho do mapa encontrado entre os pertences do pai. O único tesouro alcançado foi o coração de Emereciana, filha do escravo alforriado João Bonito, de quem se enamorou em Raposos. Moça prendada em artes culinárias, mais falava pela alvura do sorriso, a escancarar os dentes perfeitos, que por palavras. Trazia o cabelo sempre curto, em contraste com Otaviano Arienim, que os tinha avolumados sobre os ombros, emoldurando sua carapinha de fortes traços indígenas. Casaram-se numa remota capela de roça, em cerimônia oficiada, no entardecer de um sábado, por um padre mais chegado à aguardente de cana que ao vinho de missa. Tiveram por madrinha sinhá Murtinha, tia da noiva, afamada em Vila Rica por sua oficina de costura e intimidade com os búzios. Por padrinho, Emerildo, irmão caçula de Emereciana, afeito aos matos e ao que neles há de vida: conhecia cada árvore, a cantoria da passarada, a multiplicidade de insetos, a textura das águas, e até o humor das cobras e a consistência das pedras.

Poucos meses depois, os enjoos de Emereciana denunciaram-lhe a gravidez. Ao menino gorducho batizaram Ambrósio. Cioso de suas responsabilidades familiares, Otaviano Arienim decidiu trocar a vida nômade pelas comodidades da cidade. Tratou, pois, de dirigir-se à Vila de Ribeirão do Carmo. Quem sabe sua certidão de batismo, prova de que era afilhado de Antônio de Albuquerque, lhe abriria as portas da administração régia. Apressou-se a participar dos festejos de recepção do novo governador da Capitania de São Paulo e Minas do Ouro.

Antes de partir, pediu à sinhá Murtinha lhe jogar os búzios. A madrinha abriu sobre o colo a renda usada para tais ocasiões, sacudiu-os na palma da mão e deitou-os sobre a superfície alva:

– Filho, não me agrada seu intento de abrigar-se à sombra do poder. Sempre preferiu os matos e, agora, tem a cabeça voltada a uma vila incandescida pela febre de ouro. Cubra-se de cuidados! O poder é remédio tanto para os benefícios, quanto para os malefícios da convivência humana, depende de como é exercido. Quem dele se aproxima e não se encontra protegido de vaidades e pretensões tende a se embriagar, agarrado como o ébrio à sua garrafa. Portanto, arme-se de cuidados para resistir à tentação de confundir a sua pessoa com a sua função, caso venha a ocupar uma.

Agradeceu à velha tão sábios conselhos, sem atinar que se tornam vapores valores que emprenhados pelos ouvidos não ganham raízes no coração.

O novo governador, Dom Pedro Miguel de Almeida Portugal, Conde de Assumar, após aportar no Brasil e tomar posse em São Paulo, seguiu para a Vila de Ribeirão do Carmo no intuito de inspecionar as Minas. Lá estavam, entre o povaréu abrilhantado para a festa, Otaviano Arienim, Emereciana e, emberçado num moisés feito de fibras de palmeira, o pequeno Ambrósio. O conde ainda apresentava a barba rala; nem completara trinta anos. Deixara mulher e filhos em terras lusitanas, na esperança de breve retorno. Era homem de olhos tristes, sobrancelhas arqueadas, testa difusa, nariz retilíneo, lábios proeminentes e queixo vasto.

Graças à certidão de batismo e ao registro de tão eminente apadrinhamento, o casal Arienim obteve emprego em palácio – um casarão com colunas de canto, vigas de cedro, reboque sobre tijolos e telhas. Ele, no nobre ofício de secretário do governador; ela, na não menos importante função de cozinheira, em tempos de poções e venenos a defenestrarem desta vida monarcas que se julgavam abençoados por especial proteção divina.

Otaviano Arienim cuidava de, ao canto do galo, despertar Sua Excelência, enquanto um escravo recolhia o urinol. O conde vestia calção de seda, ceroula e camisa de linho, meias de seda, chapéu de fino castor, sem esquecer a boceta de tartaruga para o tabaco e a de prata para o rapé.

Cumpriam os dois as obrigações religiosas matinais, rogavam a Deus apartá-los de quaisquer ofensas à Sua Majestade Altíssima e, em seguida, desjejuavam com leite, queijo e quitandas preparadas por Emereciana: mãe-benta, broa de fubá, broinha de amendoim, bolos, sequilhos, roscas, brevidades, polvilho assado ou frito. Pela manhã, enquanto Emereciana se dividia entre os cuidados do bebê e da cozinha, ocupava-se

Otaviano Arienim em responder cartas com muita reflexão e brevidade de termos, o suficiente para não parecer grosseiro, e não o bastante a ponto de animar o destinatário a remeter ao governador novas epístolas. Às dez, missa, que as mulheres, em reclusão mourisca, assistiam protegidas por um rendilhado de madeira. Sua Excelência, amoravelmente envolvido em devota piedade, oferecia a Deus tudo que obrara e obraria no decorrer do dia. Após a bênção, concedia audiências na Secretaria, atento a queixumes, insolências ao alheio, conflitos de terra, denúncias de desflorações e outras pendências. Respondia sempre por reflexão e em termos sucintos, cauteloso por não ter suficiente conhecimento do caráter de quem atendia; ouvia muito, e falava o bastante para não tornar insípida a conversação ou embaraçar a expedição dos negócios.

Finda a fila, recolhia-se à biblioteca e embebia-se de Virgílio, Tácito e Camões, Hipócrates, Platão e Santo Agostinho. Mais tarde, sentava-se a jantar em companhia de Otaviano Arienim, guloso de angu, carne-seca e farinha de mandioca, tudo condimentado pela alquimia abençoada de Emereciana. Servia-se de bom vinho em copos de prata marcados com seu monograma. Saciado, punha-se à fresca e lia uma ou duas páginas de um livro, tão logo fechado para dispor-se a fazer um passeio a cavalo ou a pé.

Ao cair da noite, ao som da orquestra de escravos, entretinha-se, para desafogo da labuta, em conversações com ministros e pessoas principais, sem abrir a guarda ao sal da galanteria. Após despedi-los, ia à ceia; aprazia-lhe ter à mesa a presença de Otaviano Arienim e de outros convidados, desde que não fossem pedintes e bajuladores. Nas baixelas, feijão com toucinho à moda dos tropeiros, batatas, carás, limões e robustas laranjas da China.

De certa feita, Emereciana ofereceu-lhes guisado de macaco temperado com formigas, segundo receita que o próprio governador fizera chegar à cozinha. Diante do espanto do secretário, o conde dobrou-se em convencimentos:

– Ora, meu caro, não há carne mais delicada que a do macaco. E essas formigas são tão saborosas que a elas não se iguala a mais tenra manteiga de Flandres.

Não se sabe se por agrado ao governador ou pelo atrativo das novidades, o fato é que Otaviano Arienim deu trelas à gula.

Sempre queixoso, Sua Excelência vociferava enquanto atolava os dentes nas iguarias, crítico ao caráter do povo de Minas:

– A geografia irregular dessas terras montanhosas influi no espírito da gente e torna instável a prática das virtudes. O vício campeia como os ventos que sopram entre picos e escarpas. O clima, tão imprevisto, forja o caráter do mineiro, ora solar, ora lunar; aqui generoso, ali manhoso; à frente gentil, às costas pérfido.

– Mineiro a gente não entende; interpreta – reagiu Otaviano Arienim, e ponderou: – Não estaria o senhor sendo um tanto severo com os da terra?

– Severo? Sou é realista! Como ser condescendente com seus conterrâneos? Pela manhã parecem cordiais; à tarde, desconfiados; à noite, cavilosos. O trato com a rocha endurece-lhes o coração. O ouro dilata a gula da cobiça. Os humores que brotam das catas e das minas se lhes entranham as narinas, os olhos, os ouvidos, a boca. Torna-os escorregadios e violentos, indolentes e revoltosos. Ovídio já advertia que o ouro, no fundo da terra, se avizinha ao inferno. Aqui as mulheres dão voltas às suas cinturas como as gamelas à beira dos veios. Nada presta. São poucas as de viver regulado.

Otaviano Arienim engoliu a seco, enquanto um vasto surubim pousava ao centro da mesa. Umedeceu a língua com um gole de vinho, cravou um atalho na conversa e indagou do governador, para desviá-lo de críticas e lamúrias, se andava a escrever algo, pois o sabia apreciador de autores eruditos. Sua Excelência, após queixar-se da falta de azeite e vinagre para temperar o peixe, pois o navio de Portugal atrasara, elogiou o tempero de Emereciana à base de limão e pimenta, e arregaçou a dentuça:

— Sim, redijo breves linhas sobre as intempéries do poder. A liberdade favorece a insolência, cócegas de formigas no corpo de gigante. Contudo, de uma pequena ferida pode fazer-se um furúnculo e, em seguida, grave tumor, contaminando todo o organismo.

E voltou a lamentar-se:

— Aqui tenho penado. Estou sempre às voltas com sangrias e vomitórios, sarnas de carrapato e inchação dos dentes. A diarreia arranca-me as tripas e o moral.

Confidenciou-lhe que, a cada dor de barriga, se aplicava um emplastro quente de angu enrolado em fralda.

— Por que Sua Excelência aceitou vir à colônia? — atalhou Otaviano Arienim frente a tanto queixume.

— Posso dizer com toda a confiança que poucas pessoas terão, em Portugal, arriscado mais vezes do que eu a vida pelo seu rei – replicou o conde. – Sou bem conhecido na Europa, e muitos campos de sanguinolentas batalhas guardam a memória de minhas ações. Dos dezesseis aos vinte e cinco anos guerreei contra Castela, combati nas batalhas de Saragoça e Villa-Viçosa, comandei a retirada das tropas portuguesas da Catalunha. Mais do que ninguém eu poderia recusar submissamente o convite de Sua Majestade. Porém, o dever da obediência soltou-me as âncoras aferradas ao conforto doméstico e me expôs à instabilidade dos mares, à variedade dos ventos e, por fim, à inclemência deste clima tão diverso do de Portugal. E, agora, eis-me aqui afundado nessas Minas, verdadeiro couto de intrigueiros. Aqui, queimam-se etapas; ocorrem, a cada dia, mais mudanças do que as havidas em muitos séculos descritas nas *Metamorfoses* de Ovídio.

Empanturrado de lamúrias e iguarias, recolheu-se o governador ao seu vasto leito de conduru coberto de lençóis finos e rendados da Bretanha.

II

Por sugestão de Otaviano Arienim, no intuito de melhorar-lhe o humor, o Conde de Assumar abriu as portas do palácio para celebrar o natalício de sua mulher, a Condessa Maria José Nazaré de Lencastre, que permanecia em Lisboa. Muitos convidados procediam de Vila Rica e, misturado a eles, Pascoal da Silva Guimarães que, a custo de agrados e subornos, pretendia adentrar-se aos festejos. Tinha por propósito, não a diversão, e sim a sublevação, urdida às ocultas. Às burras da Coroa devia ele, segundo contas de Otaviano Arienim, ao menos trinta arrobas de ouro. Trazia na algibeira umas tantas oitavas para arrestar um dos serviçais a seus planos, alguém disposto a trocar a honra por dinheiro e, seduzido pela cupidez, abraçar a traição. Fez a proposta chegar a Otaviano Arienim: bastava deixar livre, na noite de gala, uma das entradas do palácio. Ocultou-lhe, entretanto, que, aberto o caminho, a mão assassina alcançaria o conde, livrando, primeiro, Pascoal, e em seguida, as Minas, do peso da lei dos quintos e das Casas de Fundição e Moeda, recentemente autorizadas.

A pequena fortuna foi paga sem que a porta lhe tenha sido aberta. Assim, perdeu Pascoal o dinheiro e o pouco que lhe restava de sensatez. Furibundo, meteu-se em todas as rodas que, em Vila Rica, tramavam a derrubada do governador. Apregoava que Portugal não podia viver sem as riquezas do Brasil; já o Brasil viveria à larga sem as de Portugal:

– É mais cômodo e seguro estar onde se tem o que sobeja, que onde se espera o que se carece.

III

Em Vila Rica, sediciosos, acobertados pelo breu da madrugada, atacaram a casa do ouvidor-geral, Martinho Vieira de Freitas. O plano de assassiná-lo malogrou porque, prevenido, ele se refugiara na ermida de Santa Quitéria. Ao não o encontrar, esfaquearam um de seus criados, estupraram uma serviçal, saquearam a propriedade, confiscaram os livros da Fazenda Real.

À frente dos insubordinados estavam Pascoal da Silva Guimarães; o tropeiro Felipe dos Santos, natural do Reino; o sargento-mor de batalha Sebastião da Veiga Cabral, nascido em Bragança, ex-governador da Colônia de Sacramento; e Manuel Mosqueira da Rosa, ex-ouvidor de Vila Rica.

O governador, precavido em não perder a cabeça, deu ouvidos aos revoltosos. Instou-os a se manifestar. Fizeram chegar às mãos de Otaviano Arienim a lista de reivindicações: não erigir Casas de Fundição; publicar novo regimento para aferir pesos e medidas, evitando abusos; fazer com que os Dragões do regimento português garantissem o próprio sustento, sem extorquir paisanos ou depender de pouso em porta alheia. Enfim, almejavam coibir a corrupção e as cobranças abusivas.

A tropa de Dragões demorou a reunir-se porque, à falta de quartel, cada soldado se arranchava em um lugarejo distinto. Uma vez adentrada em Vila Rica, sufocou o levante, sem que as demandas fossem atendidas.

Dias depois, os sediciosos, reunidos numa turba de mais de mil homens, ocuparam a Vila de Ribeirão do Carmo. Por ordem do governador, Otaviano Arienim foi ter com eles. Exigiam audiência em palácio. O conde se negou a recebê-los. Disse não agir sob pressão. Porém, tentou aplacar-lhes a ira ao adiar a instalação das Casas de Fundição e propor-se a advogar, junto à Sua Majestade, a revogação da lei dos quintos, o que Otaviano Arienim tratou de comunicar aos cabeças. Ao retornar, fez saber ao governador: os sediciosos insistiam que ele se fizesse presente em Vila Rica para, de viva voz, conter os ânimos e conceder perdão aos insurrectos. Prestes a empreender viagem, vozes furtivas segredaram a Emereciana, enquanto ela escolhia na feira um molho de ora-pronóbis, correr Assumar o risco de, no percurso, cair em emboscada. Irado, decidiu remeter Otaviano Arienim em seu lugar, de posse do decreto de anistia.

Era a primeira visita de Otaviano Arienim à vila que dera ao mundo a maior quantidade de ouro de aluvião. Tinha a intenção de visitar sinhá Murtinha, sua madrinha de casamento. Ao avistar Vila Rica de um promontório, abriu o mapa e entregou-se a comparações. Nada conferia. Abrigada entre montanhas, entrecortada de becos e ruelas trôpegas, desnivelada por sucessivas ladeiras, Vila Rica mais parecia um valhacouto. O céu plúmbeo tocava-a, cobria-a de névoa, como se ali a natureza conspirasse para resguardar o ouro da cobiça alheia. Sobre o telhado do casario, chamou-lhe a atenção a profusão de torres e cruzes.

– Por que tantas igrejas? – indagou ao vigário ao avistar as agulhas apontadas para o céu.

– Há tanto pecado nessas ladeiras que mil templos não haviam de ser o bastante para aplacar a cólera divina – retrucou o sacerdote. – Aqui a abundância das ofensas ao Altíssimo supera o ouro. Portugal despachou para essas terras hordas de mendigos, bandidos, vagabundos, gente interessada apenas em tentar fortuna. O Código lusitano prescreve aos piores criminosos o degredo para o Brasil. Aqui não há famílias constituídas; as mulheres brancas, raras, escondem-se nos sobrados ou nos conventos, enquanto as negras se submetem aos caprichos dos baixos instintos. No entanto, há sobeja devoção à Virgem Maria.

– Pelo menos a gente é crédula – sussurrou o visitante.

– De fato, cada um desses reinóis que aqui faz morada traz no peito uma saudade doída da mãe deixada em Portugal ou da amada que, em vão, lança olhares na direção do oceano. Para consolo de todos, no céu a Mãe Santíssima e Esposa Fidelíssima jamais desampara a quem a ela recorre. Nas Minas ela se mostra com todas as faces e todos os nomes, da Piedade à Boa Viagem, do Desterro e do Pilar, do Ó e do Amparo.

O fervoroso ingresso de Otaviano Arienim na vila não impediu que fosse recebido a bacamartes, frustrando-o nos intentos de publicitar o decreto e rever sinhá Murtinha. Só escapou graças ao disfarce de monge e às boas pernas de sua montaria.

IV

Dias depois, os revoltosos empreenderam nova marcha de Vila Rica a Ribeirão do Carmo. À entrada da vila, Otaviano Arienim soube que o bando conduzido por Felipe dos Santos, mesclado ao povaréu, pretendia assaltar o palácio e arremeter o conde desta para melhor. A Companhia dos Dragões perfilou-se em torno da sede do governo; os principais do lugar enviaram escravos armados; estocou-se munição de boca, balas e pólvora.

O governador fez Otaviano Arienim portar o estandarte real e remeteu-o à legião que avançava, de modo a contê-la. Foi-lhe impossível. Antes, escapou do linchamento por se esconder sob as escadas de um depósito de grãos.

Ocupadas ruas e vielas pelos manifestantes, Sebastião da Veiga Cabral, homem de gênio ardiloso, tomou a frente e instigou seus seguidores a lutar para que o poder lhe caísse em mãos. Sem esperar por respostas, discursou:

— Filhos, não quereis fechar casas de quintos e moedas? Não quereis que o ouvidor suma com todos os diabos? Quereis a mim? Aqui estou e comigo tudo se há de fazer, hei de ser vosso procurador.

Porém, diante da população local armada, os sublevados refrearam ânimos. E ao verem o conde à janela do palácio, deram-lhe, para espanto de Cabral, vivas e aplausos. Perante o inusitado, Otaviano Arienim não resistiu a um comentário:

— Ao contrário da América espanhola, na lusitana, se há governo, é-se a favor.

Lisonjeado pelos manifestantes, o governador concordou com o manifesto lido a alta voz e assinou o edital do perdão. Outrossim, prometeu reverter a decisão real de se construir Casas de Fundição, já que não era de interesse dos naturais que o ouro fosse aqui controlado pelos portugueses.

Retornados a Vila Rica, consumiram a noite em festa. Brilhavam tantas luzes e fogos que o sol parecia tomado de insônia.

V

Assumar não se deixou iludir pelo espocar dos fogos. Conhecia Veiga Cabral de longa data. Ele, Veiga Cabral e mais sete concorrentes disputaram a eleição para governador da Capitania. Da lista de nove, o Conselho Ultramarino, o Conselho do Reino e El-Rey escolheram Dom Pedro de Almeida Portugal. Ao merecer apenas um voto, Veiga Cabral viu frustrada sua expectativa de, graças ao cargo, também retornar mais tarde à metrópole de posse de vasta fortuna, como ocorrera ao governador anterior, Dom Brás Baltazar da Silveira, que desembarcou em Lisboa com as algibeiras forradas de mais de duzentos mil cruzados amealhados ao arrepio da decência.

Precavido, o governador incumbiu Otaviano Arienim de despender duas arrobas de ouro para assegurar, entre os sublevados, suas fontes de informação. Acreditava serem raros os homens cuja razão não se deixa subjugar pela fragrância do dinheiro. Soube então que os cabeças – Cabral, Pascoal e dos Santos –, ao verem malogrados seus intentos, recorreram a novas intrigas e incutiram no populacho que o perdão não gozava de validade. Como castigo pelo motim, Vila Rica estaria obrigada a recolher trinta arrobas de ouro, prometidas a El-Rey pelo governo das Minas.

VI

A notícia fomentou nova sublevação, malgrado as preces ordenadas pelo conde às igrejas. Corria à boca grande que o perdão fora sem efeito legal. O governador encarregou Otaviano Arienim de convocar ao palácio Manuel Mosqueira da Rosa, que os revoltosos pretendiam reconduzir ao cargo de ouvidor, embora este se fizesse de rogado. Saiu dali Mosqueira convicto de que, em breve, estaria revestido de funções de poder. O conde, após prometer-lhe a ninguém castigar, quedou-se tranquilo, confiante de que a audiência teria, por efeito, o sossego da plebe excitada.

Instigado por Pascoal da Silva Guimarães, Felipe dos Santos apressou-se a congregar sua malta para aclamar Mosqueira novo ouvidor-geral. Assumar fez vir à sua presença Pascoal da Silva Guimarães e, sob promessa de perdoar-lhe as dívidas, incumbiu-lhe serenar os ânimos na região. Ardiloso, preferia acarinhar o pescoço de seus desafetos antes de passar-lhe a corda.

Graças aos prestimosos expedientes de Otaviano Arienim, o governador de tudo se orelhou e tratou de armar a teia, ciente de que o fascínio da aranha atrai a mosca. Também Veiga Cabral soube que em palácio tudo se ouvia, via e sabia. E que o conde escrevera a seu respeito a El-Rey.

De tantos temores e tremores ficou tomado o candidato que, primeiro, pensou escafeder-se para o Rio de Janeiro, convencido de que, a não agilizar as pernas, tão logo perderia a cabeça. O governador, que abraçava pela frente para melhor esfaquear pelas costas, afagou os ânimos de Veiga Cabral. Após o convencer de que a carta a El-Rey era mera fantasia, convidou-o a residir em Ribeirão do Carmo. Instalado à sombra do palácio e refestelado em lisonjas, Cabral passou de pretendente a servente, enciumado pelos vínculos de confiança entre Assumar e Otaviano Arienim. Imbuído de refalsada hipocrisia, mostrava-se zeloso de que nenhum mal ocorresse ao conde. Desconfiado de Emereciana, alertava-o a só abrir a boca à mesa depois de vasculhar a dois olhos a cozinha, de modo a evitar que peçonhas e venenos viessem a ser inoculados em caldos e infusões. Via incêndios onde havia faíscas; tempestades onde respingavam gotas; avalanches onde soprava poeira. De tal modo assustava o governador com seus avisos, que Otaviano Arienim logo atinou: Cabral o queria ver e a Assumar distantes das Minas, deixando livre o caminho às suas pretensões políticas.

Dom Pedro Miguel de Almeida Portugal de tudo se inteirava sem dar mostras de desconfianças ou temores. Ora, a fome do gato faz a tigela derramar. Ao ver suas cavilações não surtirem efeito, Cabral declarou a Otaviano Arienim que, naquela madrugada, dois mascarados haviam entrado em seu quarto com recado dos cabeças do motim: fora eleito pelos sediciosos governador das Minas, Capitania separada da de São Paulo; era aceitar ou morrer.

Uma vez informado, o conde, à voz rasa, fez-lhe ver que deveria aceitar, quem sabe assim o sossego retornaria, e Vila Rica poderia labutar e dormir em paz. Veiga Cabral, derramado em lágrimas, admitiu a Otaviano Arienim que a sua honra o impedia de assumir tal autoridade espúria. Antes, melhor fugir, meter pernas a caminho do Rio de Janeiro, a dividir a Capitania e se erigir em governo paralelo.

Assumar não lhe deu esporas para ferroar o cavalo. Ao contrário, fez Otaviano Arienim o convencer de que era inútil fugir, os revoltosos ir-lhe-iam ao encalço ainda que se escondesse nas profundas do inferno. Ao escafeder-se, Cabral deixaria em seu rastro a pólvora de novas rebeliões.

Nesse entremeio, o governador recebeu de Emereciana aviso de que, em Vila Rica, onde ela fora às compras de provisões palacianas, Pascoal da Silva Guimarães já andava a distribuir empregos públicos. Comentava-se que, em tal noite, os amotinados marchariam de novo sobre Ribeirão do Carmo para, desta vez, depor o conde e empossar Sebastião da Veiga Cabral.

Semelhante notícia de assalto ao palácio chegou aos ouvidos de Assumar, na mesma data, por recado de Pascoal da Silva Guimarães a Otaviano Arienim. Pascoal aprendera com os mineiros: melhor dormir no chão do que cair da cama.

Seguros de seus estratagemas, os cabeças da revolta não temiam informar ao conde; sabiam, por um lado, que este tinha olhos e ouvidos até nas alcovas e, por outro, cuidavam de impedir que o braço real lhes caísse ao pescoço caso a rebelião fracassasse.

Esgotada a paciência, o governador, irritado com tantos diz que diz e artimanhas, ordenou a Otaviano Arienim incumbir a Companhia dos Dragões de prender, no caminho entre Ribeirão do Carmo e Vila Rica, Sebastião da Veiga Cabral e, por estrada desusada, conduzi-lo ao Rio de Janeiro para, dali, embarcarem-no para Portugal. À mesma noite, foram também postos a ferros, em Vila Rica, Pascoal da Silva Guimarães e Manuel Mosqueira.

À ceia, o governador desabafou à oitiva de Otaviano Arienim:

— Esta terra evapora tumultos; a água exala motins; destilam liberdade os ares; vomitam insolências as nuvens; influem desordens os astros; o ouro suscita desaforos; o clima é de tumba da paz e berço de rebelião. Quem viu um mineiro, pode dizer que tem visto todos. Até alguns, que tiveram melhor educação, e fora das Minas eram de louvável procedimento, em retornando a elas ficam como os outros e, quais árvores mudadas, seguem a natureza da região a que se transplantam. Vejo que nada se logra com o meu gênio, assaz diferente dessas gentes que, por caminho nenhum, se pode governar. Só deixando-as à lei da natureza, o que, até agora, não lhes tenho consentido, nem hei de permitir. Mas a experiência mostra que a cada dia posso menos. Como nas matérias em que devo usar de força me descobrem a fraqueza, desse modo se tornam inúteis as minhas diligências.

— Excelência — observou Otaviano Arienim —, Portugal é bafejada pelos mares, Minas é uma terra enclausurada por montanhas. A glória lusitana reside nos feitos do passado; aqui ainda há que conquistá-la no futuro. Se os teus patrícios se gabam de terem nascido numa metrópole que exerce poder sobre tantas e tão vastas colônias, aqui a gente rasteja em minas em busca do ouro, vive aprisionada numa paisagem pétrea que tanto favorece a melancolia e a introversão, e outra coisa não sonha senão com a liberdade.

VII

Otaviano Arienim fez saber ao governador que, entre os moradores dos bairros de Antônio Dias e do Padre Faria, em Vila Rica, era voz corrente que os alforriados do Morro do Pascoal, que quase não desciam à rua, andavam prestes à fervura. Gastavam os cobres naquelas vendas que, por trás de barricas e balanças, alcovitavam mulheres gentis, em cujas carnes afagavam o coração e desafogavam a quentura das entranhas. Toda vil gente de Vila Rica, homicidas e ladrões, refugiava-se no morro, sem que os oficiais de Justiça ousassem sequer pôr os pés no primeiro degrau de sua ladeira.

As prisões dos líderes sediciosos exacerbaram os espíritos. Vila Rica agitou-se; no dia em que um dos espiões teve o corpo moído a pauladas, os sequazes de Pascoal da Silva desceram o morro e, armados, arrombaram portas e janelas conclamando a que fossem todos à cadeia libertar os cabeças, caso contrário teriam suas casas consumidas pelo fogo. Muitos se recolheram ao abrigo das igrejas. Os rebelados arrancaram da cama o vigário e o fizeram descerrar as portas da matriz, onde profanaram até os mais sagrados redutos.

VIII

Dominada Vila Rica pela Companhia de Dragões, o governador para ali marchou a fim de mobilizar, a seu favor, a parcela da população que não tinha aderido ao motim. Soube então por Otaviano Arienim que os sequazes de Pascoal da Silva Guimarães, deslocados para Cachoeira do Campo, distante quatro léguas, arregimentavam homens para retornar com mais fúria sobre a vila. Tomado de esgares, a mioleira ferveu-lhe. Convenceu-se de restar-lhe um só recurso: o terror. Urgia que a plebe visse a impiedade, sentisse o cheiro da carne sangrada, escutasse os gritos das vítimas. Assim, a notícia, ao correr por todo o orbe mineiro, inocularia o medo e sustaria todo intento de rebeldia.

Por ordem de Assumar, os Dragões subiram o Morro do Pascoal, demoliram casas dos sublevados, atearam fogo a outras, derrubaram vendas e muros. Dois barris de alcatrão foram gastos para que a grossa madeira do casarão de Pascoal da Silva Guimarães cedesse ao lamber das chamas. O populacho, valendo-se da balbúrdia, aproveitou para saquear, pilhar, fugir pelos matos.

De tal modo o incêndio consumiu o Morro do Pascoal que, desde então, a ele todos se referem como Morro da Queimada.

IX

Preso em Cachoeira do Campo, Felipe dos Santos confessou, à dor de ferros, não desobrigar-se da Quaresma há sete anos, e admitiu ser, ao lado de Pascoal e Mosqueira, um dos líderes do motim que, por semanas, tumultuou Vila Rica, ameaçando espalhar-se pelas redondezas.

– O horror para o réu! – urgiu embravecido o conde.

Iracundo, desabafou aos ouvidos de Otaviano Arienim:

– Sediciosos e rebeldes são inimigos internos que, como tais, devem os governadores perseguir, fazer guerra e castigar. Quando o povo se enfurece é preciso o agarrar ora por uma cabeça, ora por outra, e manobrá-lo habilmente, usando com ele ora a mão, ora o bastão, ora o freio, ora o cabresto, quer divertindo-o, quer assustando-o, suscitando-lhe medo sem, no entanto, fechar-lhe a janela da esperança, de modo a dominá-lo e trazê-lo a seu devido lugar. Farei esses mineiros se convencerem de que é preferível o jugo da sujeição civil à liberdade licenciosa.

Acreditava que os homens não temem a morte, e sim o modo como ela se apresenta a cada um. E ao comparecer com tenazes de sofrimento na carne e humilhação no espírito, tanto mais temível ela se torna.

Sem reconhecer ao prisioneiro direito aos tribunais, no mesmo dia amarraram Felipe dos Santos a uma parelha de cavalos. Antes de o arrastarem pelas ruas empedradas de Vila Rica, ouviram-no gritar:

– Morro sem me arrepender do que fiz e certo de que a canalha do rei há de ser esmagada pelo patriotismo dos brasileiros.

Esfolado, rubro de sangue, foi garroteado; a cabeça exposta em praça pública e, o corpo, esquartejado, teve os membros espalhados pelos caminhos.

Governantes são ágeis para impor o braço forte e tardos para o retirar. Aproveitou-se o conde para estender o terror às comarcas que relutavam em pagar o quinto. As garras dos Dragões se abateram sobre Pitangui, Serro do Frio e Mato Dentro.

Assentou-se a paz nas Minas, cujo solo exalava o cheiro quente de sangue. Remeteu-se Pascoal da Silva Guimarães, preso, de volta a Portugal. Porém, graças à sua abastada fortuna, escapou à dureza do cárcere, desfrutou vida de nababo e ainda contratou os melhores advogados para meter em processo o Conde de Assumar.

X

A grande conquista da revolta foi a independência das Minas em relação a São Paulo; criou-se a Capitania das Minas Gerais, pelo alvará de 2 de dezembro de 1720, assinado pelo rei Dom João V.

APONTAMENTO SEIS
DIAMANTE

Na terceira década dos Setecentos, Bernardo da Fonseca Lobo avistou, entre cascalhos da Comarca de Serro do Frio, pedras mui resplandecentes. Seus olhos perscrutadores logo viram tratar-se de diamantes. Mas seu espírito mineiro não se fiou, desconfiou. Nas Minas o "é" soava como "talvez"; o "era" ficava melhor como "podia ser"; e o "com certeza" dava lugar ao "quem sabe". Ainda assim, colheu as pedras, remeteu-as a Portugal e, de lá, à Holanda, onde lapidários deram crédito ao achado.

Bernardo da Fonseca Lobo, ao informar o sucesso ao governador Dom Lourenço de Almeida, despertou-lhe a cobiça, o que o fez enviar à região, como seus olhos e ouvidos, Otaviano Arienim, acompanhado da mulher Emereciana e do filho Ambrósio.

Obtidas auspiciosas informações, cumpliciou-se o governante com o ouvidor do Serro do Frio, Antônio Rodrigues Banha. Decidiram os dois ocultarem de El-Rey tão promissora notícia. Associaram-se a frei Elói Torres, que viera da Índia, onde muito aprendera sobre diamantes, e ao mascate Felipe de Santiago, que sabia comercializá-los à surdina. Todos tiraram proveito, exceto o proprietário, Bernardo da Fonseca Lobo, de quem o governador e seus sequazes arrancaram as pedras e, por pouco, também a pele...

Somente dois anos depois, por insistência de Otaviano Arienim, que aprendera com o Conde de Assumar a evitar desassossegos na recém-criada Capitania, Dom Lourenço de Almeida comunicou oficialmente à Coroa a descoberta de diamantes no Arraial do Tejuco, no vale do rio Jequitinhonha. Ao dar a notícia a El-Rey, justificou a tardança pela incerteza da qualidade... De fato, agira à pressa ao saber, por via de Otaviano Arienim, que Bernardo da Fonseca Lobo embarcara, rumo a Lisboa, com um lote de diamantes.

II

Um dos diamantes, de boa água e jaça resplandecente, que tanto impressionou Sua Majestade, encontrado no rio Abaeté, pesava mais de cem quilates. Faltava-lhe uma lasca; Bernardo da Fonseca Lobo, assombrado com o reflexo do brilho em seus olhos, não deu fé à vista e preferiu a geometria da razão. Julgou tratar-se de cristal e, em busca de certeza, submeteu-o à prova da bigorna e arrancou-lhe um pedaço. A joia, batizada de *Belo horizonte,* por não obstruir o percurso da luz, foi oferecida à Sua Alteza, o Príncipe Regente.

Na Corte, Bernardo da Fonseca Lobo recebeu o título oficial de Descobridor dos Diamantes e várias mercês de Sua Majestade, como o manto de Cavaleiro da Ordem de Cristo e o título de Capitão-Mor Vitalício da Vila do Príncipe.

O governador, entretanto, viu seu mandato a dias contados.

III

Dom Lourenço de Almeida não teve do que se queixar: ao retornar a Lisboa, levava fortuna calculada em dezoito milhões de cruzados. Um de seus criados apajeava um diamante de oitenta e dois quilates.

Otaviano Arienim permaneceu, com mulher e filho, no Distrito Diamantino, sempre a pesquisar, naquele sertão inóspito, algum indício que correspondesse ao mapa herdado das antecedentes gerações Arienim.

IV

Ao nomear André de Melo e Castro, Conde de Galveias, novo governador da Capitania, El-Rey proibiu a extração de pedras no Distrito Diamantino. Em vão: o brilho do ouro cedia vez ao refulgir do diamante. Atraídos por ele, muitos trocavam as minas pelos veios da pedra; vendiam os bens para comprar escravos. É verdade que nem todos apeavam no Tejuco com a algibeira recheada de dinheiro; pelos caminhos, ataques de ciganos, quilombolas e desocupados costumavam esvaziar bolsos e esperanças.

Instalou-se ali, para o bem da ordem pública, a Intendência dos Quintos de El-Rey e dos Diamantes, com tropa de oitenta soldados.

APONTAMENTO SETE
TRIUNFO

Em maio de 1733, Otaviano Arienim, acompanhado de Emereciana, retornou a Vila Rica para visitar comadre sinhá Murtinha, preocupantemente adoecida. O filho Ambrósio permaneceu no Tejuco, entregue ao aprendizado das letras sob a tutela de um cônego glutão que, à guisa de recreio e merenda, lhe ensinou requintes e segredos culinários.

Otaviano Arienim viu partir, da praça principal, os arautos mascarados que, montados em cavalos ajaezados, percorriam as principais localidades das Minas para anunciar o *Triunfo Eucarístico* – festa de inauguração da nova igreja de Nossa Senhora do Pilar. Alvoroçavam-se as cem mil almas da vila. Comboios de mulas e jumentos traziam, de próximas e longínquas distâncias, inclusive do Rio de Janeiro, o necessário ao galanteio dos festejos. As ruas enfeitavam-se de guirlandas, estandartes, fitas, bandeirolas, imagens, cartazes, andores e pálios. Vizinha à igreja da matriz abrira-se, na praia do rio, a praça de cavalhadas e touradas; no centro, o mastro com a bandeira branca; em torno, palanques cobertos de seda e damasco.

Sinhá Murtinha, escrava alforriada, filha de Ogum, amparava seu sustento na habilidade da costura. O ganho com os búzios era de pouca monta. Os cabelos nevados combinavam com as rugas a indefinir-lhe a idade; não contava menos de oitenta anos. Contratada a confeccionar vestes e adornos à procissão, tinha os dois cômodos do casebre atulhados de todo tipo de tecidos: veludo, seda, damasco, renda, arminho, brocado, cambraia, cassa, chamalote, pelúcia, tela, cetim, renda, espiguilha.

– O que é isso, sinhá, festa de coroação do rei ou consagração de igreja? E quem paga toda essa fartura? – arrepiou-se Emereciana.

Sinhá Murtinha encarou-a desolada; o sorriso alvo desaparecera, trazia a cisma estampada na face, algo a exilava de si.

– Me pergunto se Deus, tão pobre entre nós, precisa de tanta abastança – murmurou. E contou: um devoto de Nossa Senhora do Pilar encomendara o *Triunfo Eucarístico* e assumira todos os gastos sob uma condição – ser resguardado pelo anonimato. Em segredo de confissão incumbira os padres de apresentar-lhe a fatura. A transladação do divino sacramento, da igreja do Rosário à do Pilar, deveria se revestir da magnificência digna das glórias celestiais. Do Rio de Janeiro e de Salvador, de vilas e arraiais das Minas, chegavam artistas, artesãos, alfaiates, cômicos, músicos, poetas e incontáveis aparatos para abrilhantar a celebração.

II

Nos seis dias precedentes à entronização do santíssimo sacramento na igreja do Pilar, Vila Rica avivou-se alegrada por danças e máscaras. Todo o povo – maiorais, obreiros, escravos

– acorria às ruas enfeitadas com guirlandas e arcos; do peitoril das janelas pendiam alcatifas, colchas e cortinas.

À noite, luminárias de azeite tremulavam em portas e janelas. O casario do Morro do Pascoal iluminava-se qual imenso presépio; realçado pelas chamas de velas e candeias – ouro incandescente ofertado em inusitada liturgia – parecia flutuar sobre as nuvens e espargir, dos céus, línguas de fogo de um novo Pentecostes.

Durante toda a semana, as noites de Vila Rica se acenderam ao espocar dos fogos de artifício. Naquele mundo de medos e obscuridades, de traços esteticamente disformes da plasticidade barroca, de almas pendentes entre o negrume das condenadas ao inferno e a alvura dos corações agraciados com o Paraíso celestial, a profusão de fogos e luminárias transmutava a noite em dia. A luz vencia o império das trevas, a aurora artificial prenunciava a vitória definitiva Daquele que, Luz do mundo, retornaria para redimir todos os pecados.

Os sinos repicavam em regozijo. À tarde, a gente assistia às cavalhadas e touradas. Ao crepúsculo, o teatro de Calderón de la Barca entretinha os maiorais; caído o pano, fartavam-se regiamente em banquetes oferecidos pelo governador. Pela madrugada, a população repousava ao som de serenatas.

III

Marcou-se a transladação para a tarde de sábado, 23 de maio. O dia amanheceu sereno, luminoso; refrescava-lhe uma brisa fria. Pelo meio-dia, o céu algodoou-se, sem no entanto preocupar os responsáveis pela pompa procissional. Inquietava sim, a Otaviano Arienim, a saúde de sinhá Murtinha. A azáfama do trabalho dos últimos dias subtraíra-lhe a disposição e a conversa; prostrara-se a ponto de preferir não comparecer à igreja do Rosário.

Tanto engrossava a turba à proximidade do templo que não restou alternativa a Otaviano Arienim senão amarrar sua montaria a uma árvore distante. Eis que, erguido o ostensório do divino corpo, e antes de o cortejo dar os primeiros passos rumo à igreja do Pilar, uma tempestade chibatou a vila, destroçou enfeites, destruiu arranjos florais, obrigou o pároco a adiar a solenidade para a manhã do dia seguinte. Houve quem visse na borrasca o triunfo das forças diabólicas sobre as eucarísticas.

Padre Félix subiu ao púlpito como se o próprio Deus o tivesse incumbido de dar explicações a tantos fiéis inconsoláveis:

– A chuva é a voz muda do céu. Eis que a Providência se serve da natureza para nos traduzir seus sacrossantos desígnios. Tanto o Senhor se compadece com a nossa humílima homenagem à sua santa Mãe, que a prefere no Seu próprio dia, o domingo, cedendo a ela a glória que a Ele conferimos por nossas missas.

Todos entoaram um *amém* que soou como um aplauso vocal.

IV

O domingo despontou radiante. Otaviano Arienim madrugou com Emereciana em busca de ervas curativas para sinhá Murtinha; a madrinha passara a noite sufocada em tosses.

Cinco elevados arcos, a boa distância um do outro, assinalavam o trajeto do cortejo. Cada um se destacava como peça única de primorosa arte. Numa esquina, erguia-se um altar para descanso do divino sacramento – ao que Emereciana ponderou:

– Descanso sim, para os humanos sacripantas que, rodeados de miséria e escravidão, desperdiçam grande fortuna em louvores Àquele que sequer tinha uma pedra onde recostar a cabeça.

O marido calou-se indeciso; proferira ela um protesto ou uma blasfêmia?

As ruas atapetavam-se de cenas bíblicas modeladas com serragem colorida, borra de café, farinha, areia, sal, vidro moído, folhas e flores. Aqui um desenho evocava a primavera; ali, os mistérios da distante Arábia. Crianças melequentas se vestiam como príncipes, mucamas como rainhas, mendigos como doutos cardeais.

Antes de a procissão deixar o Rosário, retiraram a imagem do Menino dos braços de Maria e, no lugar, pousaram o divino sacramento. Os celebrantes da missa, cantada por dois coros, trajavam paramentos costurados em fios de ouro e ornados com pedras preciosas. Do alto do púlpito, padre José Moraes sermoneou:

– Celebramos hoje a mais solene e pujante festa religiosa jamais igualada por qualquer outra na história destas Minas Gerais. Nenhuma alma piedosa deixe-se sombrear pelo mais leve escrúpulo quanto à opulência que realça o brilho desta liturgia. Se foram gastos quatrocentos quilos de ouro, e igual quantidade de prata, para revestir o interior da nova igreja do Pilar; se diamantes, esmeraldas e águas-marinhas adornam as vestes dos que se destacam na procissão; se outros tantos ricos enfeites trazem magnificência aos nossos festejos; tudo isso não passa de poeira inútil diante do fausto das mansões celestiais, e tudo é menos que a pétala seca de uma rosa frente ao corpo vivo Daquele que por nós se entregou na cruz, abrindo-nos as portas do Paraíso.

Na praça, Otaviano Arienim comprou de um escravo a mezinha apropriada aos sintomas de sinhá Murtinha.

– Retornemos à casa – sussurrou Emereciana antes que a procissão se formasse.

Logo que ajeitaram sinhá Murtinha no leito, ela pareceu fora de si; tinha os olhos revirados, a respiração travada, o suor a empapar-lhe as vestes. Emereciana esforçou-se para que ingerisse o remédio; sua garganta recusou-o. Otaviano Arienim carregou-a com esforço até a porta e ajeitou-a no cavalo. Urgia entregá-la o quanto antes a cuidados médicos.

A uma quadra de distância, deparam com a procissão. À frente, trinta e duas figuras em trajes militares representavam mouros e cristãos. Emereciana apelou aos cristãos os deixarem alcançar o outro lado da rua. Embevecidos pelo alarido dos sinos, o espocar dos foguetes, o dobrado da banda de música, os devotos não lhes deram brecha. A cada esquina, o cortejo fazia pausa para encenar o conflito através de uma dança animada por vozes suaves e músicos de talento. Do alto dos carros alegóricos, primorosamente pintados, a tudo assistiam o Imperador e o Alferes, interpretados por destacados atores. Atrás se enfileiravam dois carros de madeira ornados com esmero: o menor trazia olhos de serpente; o maior, em forma de abóbada, ocultava um cavaleiro que, saído de dentro, montava a cabeça da serpente, símbolo da vitória do bem sobre o mal. Otaviano Arienim tentou atravessar por baixo da serpente, porém não havia suficiente altura. Ao recuar, surgiram à sua frente quatro figuras a cavalo; representavam os quatro pontos cardeais: Norte, Sul, Leste, Oeste. O Vento Oeste, soprado na estridência de uma trombeta revestida de fitas multicores, revestia a cabeça com uma caraminhola de tisso branco preso numa trunfa matizada de nuvens pardas. Na parte frontal, um laço de fita cor-de-rosa exibia, ao centro, um broche pontilhado de diamantes. O Vento Leste cobria-se com um cocar de plumas brancas cingido de arminhos. O peito se escondia sob penas brancas, umas coladas à pele, outras levantadas, todas miúdas. O capilar de seda branca do Vento Norte, guarnecido de galões de prata, estampava flores verdes. Vestia cambraia transparente e finíssimas rendas. O Vento Sul trazia borzeguins cobertos de penas e, nas costas, duas asas e um letreiro com os dizeres "Vento Sul"; na mão esquerda, uma trombeta, da qual pendia um estandarte de cambraia transparente bordada à mão, com aplicações de laços de fita rosa e vermelha. Otaviano Arienim e Emereciana tentaram, em vão, passar entre os ventos, que os retiveram com suas lufadas de animação e esmeros. Sinhá Murtinha, desfalecida às costas da montaria, respirava agônica.

Atrás dos ventos vinham as ninfas com os cabelos semiencobertos com turbantes bordados de prata e muitas pérolas, rematados com plumagens brancas e azuis. Vestiam seda com franjas de prata.

Atrás das ninfas despontava a Fama montada num cavalo pardacento e coroada por um toucado de diamantes em forma de flores. O peito recobria-se de uma renda em ouro e pedrarias e, nas costas, abriam-se duas asas marchetadas. A mão direita empunhava um estandarte com a pintura, numa face, da Arca da Aliança e, na outra, uma custódia.

Todos os sentidos saciavam-se em delícias: o olfato, premiado pelas pétalas de flores que atapetavam as ruas; a audição, pela música a animar o cortejo; o tato, pela textura de vestimentas e materiais litúrgicos; o paladar, pelos manjares das mesas curiais e palacianas; o olhar, pelo esplendor da festa.

Enquanto as ninfas desfilavam, sinhá Murtinha piorava, o cavalo resfolegava, Otaviano Arienim se angustiava.

Surgiu em seguida a Lua; cavalgava formoso cavalo branco coberto com manta ajaezada toda bordada em prata; nas crinas e cauda, fitas azuis. Revestia-lhe a cabeça um turbante azul pontilhado de pérolas, rematadas numa nuvem repleta de estrelas de ouro, de dentro da qual se erguia uma lua cheia.

Ninfas e Lua vinham acolitadas por pajens ricamente vestidos. Um deles empurrou Otaviano Arienim quando este tentou forçar passagem para cortar a procissão e atravessar com sinhá Murtinha.

Veio em seguida Marte cercado por três figuras com toucas mouriscas de carmesim de prata, fitas verdes derramadas sobre os ombros, calções de plumas brancas sobre tecido vermelho e branco. A figura do meio tocava caixa de guerra; a da esquerda, pífano; a da direita, trombeta.

Atrás, rodeado por um colar de anjos, se destacava o Sol, a cabeça coroada de luzes, a cabeleira em fios dourados.

Tão logo o Sol se adiantou, Otaviano Arienim tentou passar, mas foi interrompido pelo guia da Irmandade do Santíssimo Sacramento, vestido de damasco carmesim franjado de ouro. No peito, a custódia bordada em fios de prata. Atrás, a Irmandade dos Pardos da Capela do Senhor São José; todos os fiéis cobriam-se de opas de seda branca. No meio, o andor do padroeiro ornado de seda encarnada.

Sucedeu-lhes a Irmandade do Rosário dos Pretos com numerosos irmãos em opa de seda branca. No meio, três andores: Santo Antônio Preto, São Benedito e Nossa Senhora do Rosário. As imagens cobriam-se de vistoso ornato em sedas pontilhadas de diamantes. Escravos faziam soar charamelas, pífanos, tambores e trombetas, e dançavam em roda no centro da qual se erguia um alemão a soprar estridente clarim.

A Irmandade de Santo Antônio de Lisboa, em opas de chamalote branco, obrigou Otaviano Arienim e Emereciana a retrocederem com sinhá Murtinha quando já haviam alcançado o meio do cortejo. Destacavam-se três andores: Santo Antônio, cujo ornato era de cera branca coberto de flores; São Vicente Ferrer, em talha dourada; São Gonçalo de Amarante, revestido de sedas e franjas de ouro.

Na procissão de carros triunfais, apenas uma imagem cristã, a de São Sebastião. Noutro, recoberto de seda nácar e puxado por duas águias coroadas de ouro, Júpiter se destacava. Vênus se projetava em outro carro em forma de concha que, por engenhoso artifício, movia-se como que tocada pelo balanço das águas do mar.

Quando Otaviano Arienim já se preparava para, afinal, alcançar o outro lado e tentar salvar a vida de sinhá Murtinha, soldados dos Dragões o forçaram a retornar ao mesmo ponto. Aproximou-se dele o séquito de nobres moradores de Vila Rica: o governador André de Melo e Castro; os vereadores; a Companhia de Dragões comandada por seu capitão. Três cargas de mosquete foram disparadas. Foi o suficiente para fazer calar o coração de sinhá Murtinha. Junto à procissão que transportava o corpo vivo do Senhor, e trazia mais deleite aos sentidos que ao espírito, a ex-escrava deu seu último suspiro.

V

Ao retornar do cemitério, onde o corpo de sinhá Murtinha desceu à vala comum, com direito apenas a uma cruz de gravetos espetada sobre a cova, Otaviano Arienim e Emereciana dirigiram-se à igreja do Rosário. Encontraram-na vazia. Tomaram assento no primeiro banco. Emereciana pregou os olhos no sacrário e desafogou o coração:

– Senhor, não condiz contigo essa exuberância triunfal dos festejos religiosos – desabafou entristecida. – Toda essa suntuosidade impressiona os sentidos e não alimenta o espírito. Os padres fazem dos templos, teatro; dos oficiantes, atores; dos fiéis, espectadores embevecidos frente à magnificência das cerimônias.

A seu lado, o marido resmungou incomodado. A mulher retrucou:

– Não censuro a Igreja por provocar emoções religiosas através de efeitos estéticos. Deus é beleza pura, bem sei. Mas nessas Minas, cuja riqueza gera tanta pobreza, é ofensiva tamanha ostentação.

À saída, Otaviano Arienim tentou convencê-la de que nas Minas se estabeleceu uma religião avessa à razão e concupiscente aos sentidos. Como iria aquela gente iletrada, dada ao garimpo e à lavoura, captar a misteriosa complexidade dos dogmas católicos! Respirava-se uma fé que se impregna pelos olhos, os ouvidos, o olfato, o brilho dourado dos altares, a melodia solene do órgão, o canto devoto dos corais, o cheiro de vela e incenso, a grandiosidade barroca das igrejas, o movimento presumido das imagens, o colorido das alfaias, a pompa épica das procissões. Nas Minas a fé era festa, ainda que se tratasse de liturgias fúnebres.

De cara trancada, Emereciana deixou o templo sem pousar os dedos na cuia de água benta e fazer o sinal da cruz.

APONTAMENTO OITO
DIAMANTE

Estabelecido pela Coroa o sistema de contratação para exploração das jazidas de diamante, tornou-se principal contratador, com mais de seiscentos escravos, o desembargador João Fernandes de Oliveira. Homem de refinados costumes, nascido em Vila do Ribeirão do Carmo e diplomado em Coimbra, herdara do pai nome, título, propriedades e privilégios. Vestia-se segundo a alta moda europeia: casaca de veludo, calções de seda, sapatos pretos cravejados de berilos róseos, camisa de folho, colete de cetim, chapéu com presilha e pluma e, à mão, bengala de castão lavrado em ouro. Dependurada no pescoço, a cruz da Ordem de Cristo. Morava em casa assobradada coberta de telhas, olhos de janelões arejados nos quatro lados, portas igrejeiras e teto forrado. Encomendara de Lisboa todo o mobiliário, além de armas e artigos de luxo. Graças aos diamantes, tornou-se o mais rico vassalo da Coroa.

Tomou por esposa a mulata Chica da Silva. Todo o Arraial do Tejuco invejava a mulher que lhe deu treze filhos, dos quais nove fêmeas. Recolhida ao vistoso casarão entelhado sobre cimalhas de cedro, comia em finas louças de porcelana decorada a ouro. Ao se dirigir à igreja acompanhada de suas escravas, deixava-se ver com o dorso apertado em espartilhos de barbatanas, saia com cauda longa, sapatos de bicos finos, e os cabelos amaciados por banha de porco e polvilhados de trigo. À mão, o vasto leque de plumas francesas.

Seu maior sonho era descortinar os olhos na amplidão do mar e nele navegar. Solícito aos caprichos de seu diamante negro, o marido escavou, em pleno sertão, um lago artificial, e fez construir um navio com mastros e velas manobrado por uma tripulação de dez homens.

O casal possuía também espaçosa casa de campo, onde promovia bailes e espetáculos de teatro.

II

Todas as manhãs, o contratador enviava às margens do rio uma dúzia de braços escravos para encher de água as barricas que lhe abasteciam a casa. Foi ali que Emereciana, ao lavar roupas, deparou-se com seu irmão Emerildo, que lhe apadrinhara o casamento. O rapaz, alto, corpulento, retrincado, perdera viço e gorduras; trazia o rosto entristecido e, nas costas nuas, a marca do F. Arrastava uma perna, como se o pé direito lhe negasse obediência.

Entre a contida emoção do reencontro, despistado do olhar vigilante dos feitores, Emerildo narrou suas desditas: apesar de pertencer a uma família alforriada, fora aprisionado por um traficante de escravos na estrada entre Raposos e Sabará. Trazido para o Tejuco, obrigaram-no a trabalhar na extração de diamantes. Inconformado, teve a sorte de ganhar a confiança de Justa de São Paio, negra de tabuleiro, arteira em seduzir feitores para poder circular nas áreas de serviço com seu tablado de cocada, pastel, torresmo e cachaça. Arisca, dada ao contrabando de ouro e diamante, abastecia os quilombos de informações e alimentos. Graças a ela, Emerildo, após escapar, abrigou-se no alto da serra de Santo Antônio do Itucambirussu, em comunidade com outros fugitivos. O quilombo, descoberto pelos capitães do mato, dispersou-se ao deus-dará. Capturado, Emerildo foi trazido a laço, arrastado ao rabo de um cavalo. Retalharam-no a pele com navalha, encheram-na com sal, urina e sumo de limão, meteram-no a correntes. Em suas costas gravaram a ferro quente o F de "fugitivo". Redobrou-se a vigilância sobre ele. Ainda assim, escapou uma segunda vez. E uma segunda vez foi capturado. Deram-lhe por escolha: perder as orelhas ou um dos tendões dos pés. Preferiu arrastar a perna. Sabia que, a haver reincidência, o castigo seria a morte.

– E a negra não sofreu punição? – indagou Emereciana.

– Justa de São Paio vive de usar mal de si, sem pejo nem temor a Deus, e mantém casa de alcouce para encontros amorosos – explicou o irmão. – Ali a gente de cabedal se desonesta com mulheres desenvoltas. Mas Justa, que tanto escancara sorrisos para os feitores, só abre as pernas para João de Sintra, português que mantém fazenda de rebanho humano.

– Rebanho humano?! – arrepiou-se Emereciana.

– Ele se aproveita das dificuldades de importação de africanos e trata de acasalar negros e negras, de modo a gerar mais escravos. Como todos sabem que Justa de São Paio é enrabichada com ele, ninguém se atreve a encostar o dedo nela.

— Mas eu e minha gente temos a nossa vingança — acrescentou Emerildo. — Quase nunca repassamos aos senhores os diamantes de valor, só os de brilho fosco — confessou.

— Como conseguem burlar a vigilância dos feitores? Se trabalham nus, de que modo escondem as pedras? — quis saber a irmã.

— Engolimos e levamos na barriga até a hora de obrar. Às vezes escondemos em monte de pedras ou terra e, à noite, retornamos para apanhá-las. Ou enfiamos no encarapinho dos cabelos, na boca, nas narinas, no canal de obrar, até debaixo da unha ou entre os dedos do pé — explicou. — Ou repassamos às negras de tabuleiro ao ingressarem nas áreas de trabalho para vender quitandas. São elas que, nas tavernas e nas casas de alcouce, obtêm dos brancos bom preço pelas pedras. Se o feitor desconfia que engolimos a pedra, nos tranca num cercadinho de madeira e nos obriga a tomar purgante de pimenta-malagueta até o intestino revirar-se para fora.

III

Ao convocar Otaviano Arienim para um dedo de prosa no alpendre de seu casarão, o contratador João Fernandes de Oliveira explicou-lhe que o Distrito Diamantino tinha limites nitidamente demarcados e era administrado diretamente desde Lisboa. Já que ele trazia experiência de secretariar governador, propôs-lhe assumir a função de administrador dos feitores.

Emereciana se opôs, evocou os sofrimentos do irmão, as duras penas impostas ali aos de sua raça. Ambrósio tomou o partido do pai, ambicionado pelos privilégios do cargo. Porque homens são assim: a cabeça pensa onde os pés pisam. Diante da proposta, Otaviano Arienim via-se alçado à condição de autoridade a amealhar fortuna. Emereciana apelou ainda à recordação das sábias palavras de sinhá Murtinha ao alertar o marido quanto à sedução de cargos de mando e poder. Fosse ele assentir, fizesse ao menos um pedido ao contratador: alforriar Emerildo.

João Fernandes de Oliveira consentiu e mandou liberar o rapaz. Ao contrário do esperado, Emerildo não aceitou a hospitalidade oferecida pela irmã. Sumiu nos matos arrastando no pé as suas dores. Bom mineiro, não laçava boi com embira, não dava rasteira em pé de mesa, não pisava no escuro, e só acreditava em fumaça ao avistar fogo.

IV

Na semana seguinte, sem a companhia de Emereciana, Otaviano Arienim presidiu sua primeira cerimônia como administrador. Postou-se engalanado no palanque armado defronte à entrada da lavra; ali recebeu os escravos Honório Porfírio e Pedro Malê, trazidos em cortejo. Porfírio descobrira um diamante do peso de uma oitava e entregara ao feitor. Após elogiá-lo diante da escravaria cabisbaixa, e realçar-lhe o exemplo de "honesta fidelidade", Otaviano Arienim coroou-o com uma grinalda de flores, presenteou-o com roupas novas, autorizou-o trabalhar por conta própria. Malê, por haver entregue uma gema de dez quilates, recebeu duas camisas novas, chapéu, um terno completo e vistosa faca. Foi alforriado sob aplausos dos presentes.

V

No Distrito Diamantino, a devassa geral, permanentemente aberta, ampliava-se como imensa teia aterrorizante, alimentada por delações misteriosas urdidas sob o anonimato. Vitimava inclusive quem nada tinha a ver com o contrabando de diamantes: desafetos alvos de calúnias, de vingança particular, e inocentes caídos na malha ambiciosa dos agentes do fisco.

Reconhecido próximo ao Serro do Frio, e denunciado, Emerildo foi preso portando diamantes. Levado à presença de Otaviano Arienim, indagou do cunhado:

– Cometi algum crime por tirar diamantes da terra? Quem ali os escondeu foi Deus. E são achados graças ao trabalho dos negros. Por que nos proíbem a mineração? Deus criou os quatro elementos para proveito dos homens: o ar que respiramos, a água que bebemos, o fogo que nos aquece, e a terra, na qual cultivamos alimentos, caçamos em suas matas e pescamos em suas águas, e de cujas entranhas extraímos minerais preciosos. Sou proscrito e criminoso por querer gozar dos benefícios concedidos pela Providência?

Em atenção aos rogos da irmã do réu, soltaram Emerildo após aplicar-lhe, sem que ela soubesse, duzentas e uma chibatadas.

VI

Otaviano Arienim preparava-se para o banho matinal em sua tina de louça da Índia quando uma escrava avisou-lhe que, na sala, um reverendo insistia em vê-lo com urgência. Enrolou-se em duas toalhas, calçou as alparcatas e, visivelmente irritado com a inoportuna visita eclesiástica, deu de cara com o padre Rolim. Conhecia-o de missa e fama, aquela revestida de piedade, esta de pecaminosas suspeitas. Dele se dizia destacar-se entre os principais contrabandistas de diamantes e dado à luxúria com as escravas de sua fazenda. Fosse de bronze sua batina, o badalo trazido entre as pernas a faria repicar qual carrilhão...

Otaviano Arienim escusou-se pelos trajes, embora esperançado de que o sacerdote, ao vê-lo quase exposto em carnes, se retirasse antes que a água do banho esfriasse. Padre Rolim mantinha a cabeça baixa, contrita, os dedos atrapalhados sobre o colo, a voz embargada como a de um penitente diante do confessor. Sem fitar os olhos do administrador de feitores, disse-lhe haver se desonestado com uma negra desenvolta, a quem emprenhou, e vinha lhe pedir, em segredo de confissão, fizesse-lhe o obséquio de receber, como de sua família, a criatura prestes a nascer.

– Vossa reverendíssima enlouqueceu? – reagiu Otaviano Arienim. – Se acolho a proposta, entra por esta porta a criatura e saio eu sob escândalo e pancadas de Emereciana. Como haverei de convencê-la não se tratar de fruto de minha infidelidade?

O padre coçou a cabeça tonsurada e, pela primeira vez, mirou-o nos olhos:

– Não pensei no senhor. Pensei em seu filho. Os moços são dados às negras e, com frequência, responsáveis por gravidez indesejada. Se ele me obsequia essa caridade, cuido de todas as despesas de criação e educação da criança, acrescidas de um estipêndio generoso como prova de minha gratidão.

O anfitrião não se conteve frente ao clérigo acuado:

– Mas o senhor já não vive portas adentro com Quitéria Rita, filha do contratador e de Chica da Silva?

– É justamente esta a razão que me traz aqui – admitiu padre Rolim. – Todos sabem que eu e Quitéria temos mesa, cama e filhos em comum. Nem por isso nos faltam o respeito. Uma criança bastarda viria, sem dúvida, conspurcar-me a respeitabilidade.

Convocou-se Ambrósio Arienim à sala. Enquanto padre Rolim repetia a proposta, Otaviano consultou a mulher. Emereciana surpresou o marido ao não apresentar resistências; sonhava em ser avó, "ainda que postiça", como frisou, e considerou meritório, diante de Deus, impedir que a sacra fama do sacerdote fosse maculada por um mau passo. Ela mesma tratou de convencer o filho a socorrer em desaflição o homem de Deus. Agradecido, o reverendo ajoelhou-se e se despediu beijando as mãos de seus anfitriões.

Dois meses depois, nasceu uma menina, dada à luz em casa dos Arienim. Padre Rolim batizou-a Rosária Maria Arienim, em louvor à Virgem Santíssima a quem, naqueles últimos tempos, rezara tantos rosários, para alívio da própria alma, a ponto de calejar os dedos e reduzir em tamanho as contas do terço.

VII

Emerildo passou a encabeçar um bando de trinta escravos fugitivos dedicados ao garimpo ilegal. Aos domingos, entravam nos arraiais, saqueavam lojas, fartavam-se de cachaça nas tavernas, arruaçavam os moradores – e vendiam as pedras a quem pudesse pagar por elas. Perseguido sem tréguas por Otaviano Arienim, pouco depois acabou a ferros, delatado por um de seus comparsas inconformado com a partilha do dinheiro. Ao ser capturado, trajava uma camisa de cetim. Conduzido ao Tejuco, interrogaram-no durante dois dias e duas noites. Emerildo fechou-se em mudez, indiferente às ameaças e promessas. A partir do terceiro dia, deram-lhe pancadas, quebraram-lhe as costelas, amarraram-no a uma escada para receber açoites. De sua boca não se escutou um lamento! Atado aos bacalhaus, subia e descia enquanto o sangue salpicava a terra. Nada de gemer. Ferido em sua autoridade, Otaviano Arienim deu ordens para castigá-lo até denunciar a origem e o destino dos diamantes que comercializara. Açoitado e repelido a pontapés, Emerildo desfaleceu de tanto apanhar. Chamaram médico e confessor, tocaram sinos ao viático. Atirado na prisão, pronunciou uma única frase antes de morrer:

— Os diamantes são de Deus. Só dele. Não cometi nenhum crime por tirá-los da terra em que Deus os escondeu.

VIII

Após dar ao irmão sepultura cristã, Emereciana fechou-se em assombroso mutismo. Sentada numa poltrona, estampava o olhar vazio, alheado de tudo, e passava os dias com o rosário às mãos, os dedos magros a correr de conta em conta, os lábios trêmulos a recitar orações inaudíveis. Impassível, ignorava todos os apelos do marido e do filho e permanecia indiferente à graciosidade da neta; as refeições deixadas no console ao lado permaneciam intocadas. Trazia o olhar disparatado, vago; os cabelos embranqueceram como se o inverno que lhe esfriara o coração os tivesse coberto de neve.

Na manhã do domingo de Páscoa, Otaviano Arienim a encontrou desfalecida na poltrona. Em volta do pescoço, o rosário, apertado qual uma corrente. Tinha os olhos fixos no além.

IX

Otaviano Arienim, desatento à vidência de sinhá Murtinha, amealhou poder e fortuna à sombra de João Fernandes de Oliveira. Entretanto, pouco lhe valeram os bens acumulados. Na noite de Natal, ao sair da Missa do Galo – ao ressoar da música do órgão dedilhado por José Joaquim Emérico Lobo de Mesquita –, e atravessar uma viela de retorno ao solar em que morava, um vulto encapuzado cravou-lhe um punhal no coração.

Na manhã seguinte, encerrada a cerimônia fúnebre, na qual derramou duas lágrimas em homenagem ao pai, Ambrósio Arienim tratou de internar a filha no Recolhimento de Macaúbas, entregue aos cuidados das freiras e, de posse do cilindro de couro com o mapa e de seus cadernos de receitas de cozinha, partiu rumo a Vila Rica.

APONTAMENTO NOVE
CONJURAÇÃO

Graças à carta de recomendação do padre Rolim e a seus talentos culinários, Ambrósio Arienim não tardou a se empregar como cozinheiro na mansão do coronel Francisco Antônio de Oliveira Lopes, cuja obesidade denunciava seu apetite pantagruélico. Homem de muitas posses na Comarca do Rio das Mortes, tinha por esposa Hipólita Jacinta Teixeira de Melo, a mais endinheirada mulher de Vila Rica. Ali na requintada mansão do casal, Ambrósio Arienim, enquanto preparava queijadinhas e pudins, conheceu o alferes Joaquim José da Silva Xavier, tipo falastrão, desprovido de beleza, cuja face estampava um olhar espantado, e a quem o casal tratava pela alcunha de Tiradentes e, estranhamente, dava ouvidos, considerada a diferença de patentes.

Ao perceber o espanto do cozinheiro, dona Hipólita Jacinta atribuiu os vínculos da amizade que unia seu marido ao alferes ao fato deste pertencer a uma família de São José del Rei, mui respeitosa, cuja geração anterior desfrutara livre acesso aos mais requintados salões de Vila Rica. O destino, ao penalizá-la com a perda de terras e títulos, obrigara o jovem Joaquim José a desdobrar-se, para seu sustento, entre o serviço de tropeiro, o quartel e o ofício de arrancar e repor dentes, o que lhe valia a alcunha.

O jovem militar, enquanto se empanturrava de roscas da Rainha, prazerava-se em assanhar a língua para destronar a boa fama dos portugueses. Queixava-se dos excessivos impostos cobrados da população das Minas: quinto, subsídios voluntário e literário, direito das entradas e de passagem, dízimos, ofícios de justiça e contribuição do Tejuco. O subsídio voluntário, instituído para financiar a reconstrução de Lisboa, abalada pelo terremoto de 1755, deveria durar dez anos, mas era sempre prorrogado. Até os alfinetes de dona Maria I eram de ouro das Minas Gerais.

Sua repulsa aos portugueses se devia, também, às razões do coração: durante anos padecera irrefreável paixão por uma jovem de São João del Rei, filha de abastado português que nunca admitiu o namoro entre os dois; bradava, a quem lhe desse ouvidos, que "a menina jamais se há de casar com um colono de cor morena."

Por ali andava também o doutor Domingos Vidal de Barbosa, cunhado do coronel, sempre de apetite escancarado à canjiquinha com costelinha de porco e couve rasgada, o mais mineiro dos pratos segundo Ambrósio Arienim. Barbosa formara-se em medicina em Bordeaux e, em companhia de José Joaquim da Maia, entrevistara-se com Thomas Jefferson, embaixador, na França, dos Estados Unidos, recém-libertado da Inglaterra. Dizia a todos que o Brasil deveria seguir o mesmo caminho de independência, tornar-se uma república, e para tanto não faltaria o apoio de nações europeias. Tiradentes lhe fazia eco, interessado em conhecer as revolucionárias leis dos Estados Unidos.

II

Em jantar que reuniu em torno de um saboroso frango com quiabo o coronel Francisco de Oliveira Lopes, o tenente-coronel Francisco de Paula Freire de Andrada e Joaquim José, a Ambrósio Arienim pareceu inusitado dois graduados oficiais se deixarem guiar por um alferes inconformado com a decisão da Coroa de promover derrama para arrecadar na Capitania, em impostos atrasados, quinhentos e trinta e oito arrobas de ouro. Ali se subvertia não apenas a hierarquia. O cozinheiro escutou Tiradentes argumentar que, apesar de esbanjar riqueza, as Minas eram pobres porque a Europa, como uma esponja, lhes chupava toda a substância. Considerava uma desfaçatez remeter a Portugal, a cada ano, como pagamento dos quintos, treze milhões de cruzados, sem contar os sete milhões exauridos por baixo dos panos. Dos quatro milhões de mil-réis que toda a América portuguesa devia à Coroa, mais da metade era dívida das Minas Gerais, sendo alta a soma que apenas dois homens tinham a pagar: Silvério dos Reis e João Rodrigues de Macedo.

Enquanto Ambrósio Arienim mexia as panelas de pedra-sabão sobre o fogão de lenha, sua cabeça entranhava-se em confusões. Ouvia Tiradentes falar da pobreza reinante nas Minas e, no entanto, via circular pela casa conjurados que possuíam vastas extensões de terra na Comarca do Rio das Mortes, como José Aires Gomes, Alvarenga Peixoto, José Resende Costa e Domingos de Abreu Vieira. O alferes inflava a língua ao esbravejar contra a opressão da Coroa portuguesa e, no entanto, possuía escravos e nada dizia quanto à libertação do jugo imposto aos negros trazidos da África. Também o padre Rolim, seu velho conhecido e notório contrabandista de diamantes, participava ali, em companhia de outros sacerdotes, da conspiração destinada a livrar as Minas do domínio lusitano.

Logo Ambrósio Arienim percebeu a relutância daquela gente de entregar o mastro de suas bandeiras às mãos de um simples militar. Se a Tiradentes sobravam inteligência, criatividade e decisão, faltavam-lhe letras, estirpe e títulos. O cozinheiro escutou Cláudio Manuel da Costa referir-se ao alferes como "um qualquer". Em reunião dos conjurados, à chegada de Tiradentes, em horas tardas, todos se calaram e a ele não se contou coisa alguma. O próprio, ao iniciar fala sobre a independência do Brasil, teve a palavra cassada pelo ouvidor Tomás Antônio Gonzaga, que trajava camisa de batista sob o casaco cor de pêssego, rendas e, em torno do pescoço, lenço bordado por suas próprias mãos.

III

Ambrósio Arienim, entregue ao preparo de galinha ao molho pardo, comentou com dona Hipólita Jacinta que nem todos os conjurados mereciam Tiradentes. O advogado Cláudio Manuel da Costa, sonetista, redigia odes bajulatórias ao despótico Frederico II da Prússia e, envergonhado, tentava esconder sua origem paterna. O avô fora alfaiate, lavrador e comerciante de azeite. Apelava ao lado materno, que deitava raízes em famílias tradicionais de São Paulo. O poeta secretariara o governador Luís Diogo Lobo da Silva, exercera a vereança em Vila Rica e pertencera a irmandades religiosas de prestígio. Pagara à Coroa oito arrobas de ouro para merecer o hábito da Ordem de Cristo.

O coronel Inácio José de Alvarenga Peixoto, latifundiário, advogado, ex-ouvidor geral da Comarca de Rio das Mortes, em seus poemas desmanchava-se em louvores a Catarina da Rússia. Tomás Antônio Gonzaga, de olho numa cátedra em Coimbra, fizera a apologia do cesarismo, do regime autoritário, da tirania ilustrada, e considerava Tiradentes "um pobre-diabo".

Dona Hipólita Jacinta externou ao cozinheiro temer que o marido estivesse a enfiar os pés num mata-burro. Por mais que se esforçasse, ela não conseguia apreender o fio da meada das confabulações decorridas em sua sala de visitas:

– Tenho dito ao Francisco para acautelar-se – confessou –, pois desconfio de que cada um de seus amigos traz na cabeça um desenho diferente para o futuro da Capitania e do Estado do Brasil.

IV

– E o que há de se fazer com o Visconde de Barbacena? – indagou em reunião dos conjurados o padre Carlos Corrêa de Toledo e Melo.

– Melhor fazê-lo entregar o quanto antes a alma a Deus – opinou o alferes.

– Não nos convém derramar o sangue do governador. Não é bom principiar logo por mortes – ponderou o tenente-coronel Francisco de Paula Freire de Andrada.

Domingos de Abreu Vieira também manifestou seu voto contrário à eliminação física da mais alta autoridade portuguesa nas Minas Gerais.

– Sugiro mandar o excelentíssimo senhor capitão-general e sua família pelo rio das Velhas abaixo, em canoas, e sair à Bahia – interveio José Álvares Maciel.

– Sacramento-lhe a sugestão, Maciel – observou padre Toledo. – Devemos, tão logo seja deflagrado o movimento, enviá-lo para fora da Capitania com toda a violência, mas não pelo rio das Velhas, e sim pelo registro do Paraibuna.

Inconformado, Tiradentes replicou:

– Barbacena será morto se oferecer resistência.

Padre Rolim respaldou-lhe:

– E que ele e sua família vão para os quintos dos infernos.

V

Ambrósio Arienim andava de achegos com Marinalva, filha da doceira Lucrécia que, em Cachoeira do Campo, servia a casa de Luís Antônio Furtado de Mendonça e Faro, Visconde de Barbacena e governador das Minas Gerais. A população nutria por Sua Excelência tamanha antipatia que, ao entrar em Vila Rica, cobria-se ele de precauções; dividiu-se um dos salões do palácio em uma dezena de quartos, de modo a não se ter ciência em qual deles o visconde dormia. Dos ouvidos atentos de Lucrécia à língua solta de Marinalva é que Ambrósio Arienim fez saber a dona Hipólita Jacinta que o governador, graças à inconfidência do coronel Joaquim Silvério dos Reis – homem de mil olhos e ouvidos de cão caçador e que, em troca de delação, suplicara o perdão de sua dívida de vinte mil cruzados à Fazenda Real –, descobrira os planos dos conjurados e decretara rigorosa devassa. Aflitíssima, recomendou ao marido se esconder numa de suas fazendas na Comarca do Rio das Mortes e ordenou ao cozinheiro montar o mais veloz cavalo e alcançar, com maior brevidade de tempo, o Rio de Janeiro, capital do vice-reinado, para alertar Tiradentes – que ali se encontrava metido a conspirar – de que o braço real poderia não tardar a cair sobre ele e os demais conjurados.

    Silvério dos Reis possuía fazendas em Vila Rica, Serro e Sabará, e havia arrematado o Contrato das Entradas. Um dos negociantes mais ricos da Capitania, figurava entre os principais atacadistas. A junta da Real Fazenda de Vila Rica o intimara a saldar integralmente suas dívidas com a Coroa. Suspensa a derrama, apressara-se ele a denunciar ao governador os planos do levante e, assim, obter o perdão de suas dívidas. Trazia na alma a preguiça da lealdade.

VI

Ao ter notícia por Ambrósio Arienim de que havia sido delatado e, portanto, andava a guarda do vice-rei em seu encalço, Tiradentes correu à rua Quitanda do Marisco e buscou refúgio em casa de Inácia Gertrudes de Almeida, alegando perseguição de um desafeto. Viúva, a mulher ali vivia em companhia da filha solteira. A moça fora curada, graças aos préstimos medicinais do alferes, de chaga cancerosa no pé. Afligida em proteger o amigo, Inácia Gertrudes, em carta a um compadre seu, recomendou-lhe ocultar Tiradentes. A ela não convinha homiziá-lo, não por temer-lhe a decência, mas para evitar maledicências que, fatalmente, levariam a vizinhança boquirrota a indagar quem era o cavalheiro que, agora, abrigava-se solerte sob o teto de uma viúva de carnes ainda quentes e uma donzela em floração.

O alferes correu com a missiva e recebeu abrigo do torneiro Domingos Fernandes da Cruz, compadre de Inácia Gertrudes. Ali, no entanto, o braço real o alcançou. A viúva e a filha também não escaparam da fúria repressiva.

VII

Nas Minas, o Visconde de Barbacena ordenou a prisão de todos os conjurados e o sequestro de seus bens. O doutor Cláudio Manuel da Costa, conduzido à Casa dos Contratos de

Vila Rica, improvisada em cadeia, rechaçou veemente a promessa de clemência em troca de delação, ao contrário de três ou quatro envolvidos que se sujeitaram a endossar a traição de Silvério dos Reis e relatar de próprio punho toda a trama conspiratória. Em circunstâncias jamais devidamente esclarecidas, Cláudio Manuel da Costa, às vésperas de completar sessenta anos, foi encontrado morto no cárcere, enforcado numa liga de cadarço encarnado. Há quem suspeite ter sido ele suicidado...

Agrilhoados, os revoltosos desfilaram pelo Caminho Real, de Vila Rica ao Rio de Janeiro, onde se procedeu a devassa. Alvarenga Peixoto declarou no interrogatório que Tiradentes "era uma cara que jamais havia visto" e que "o oficial vive ouvindo cantar o galo e não sabe onde". Sob interrogatório, o cônego Luís Vieira da Silva disse nem se lembrar do nome de Tiradentes, pois "sendo a sublevação concebida por sujeitos de maiores talentos do que o alferes Joaquim José" não lhe fazia caso ao ouvi-lo convocar "gente para um levante".

Por ordem de dona Hipólita Jacinta, Ambrósio Arienim permaneceu no Rio de Janeiro para prestar socorro ao coronel Francisco de Oliveira Lopes, aprisionado na Ilha das Cobras. Soube que Tiradentes tornara-se o bode expiatório da conjuração. Nos primeiros interrogatórios, tudo negou, conforme acerto prévio dos conjurados diante da hipótese de ser a rebelião abortada pela Coroa. Ao constatar, pelas sucessivas acareações, que quase todos se acusavam mutuamente, decidiu tudo assumir, confessou ter ideado toda a revolta, sem a ninguém acusar. Admitiu ter sido projeto seu a bandeira da nova república com o triângulo vermelho como símbolo de sua principal devoção: a Santíssima Trindade. Ali figuraria o verso de Virgílio, sugerido por Alvarenga Peixoto: *Libertas quae sera tamen* – Liberdade ainda que tardia.

VIII

Os conjurados padeceram três anos de interrogatórios. Tanto delataram um ao outro que a Coroa pejorativou-os de inconfidentes e, à revolução fracassada, de Inconfidência... Quanto mais os doutos revolucionários se apequenavam, mais Tiradentes se engrandecia.

Ao coronel Francisco de Oliveira Lopes sentenciaram a degredo perpétuo na África. Desconsolada, dona Hipólita Jacinta mandou fundir ouro maciço no formato de um cacho de bananas e incumbiu Ambrósio Arienim de o fazer chegar às mãos de dona Maria I, rainha de Portugal, rogando perdão ao seu consórcio. O Visconde de Barbacena, todavia, interceptou-lhe o presente e o plano. A devassa confiscou-lhe todos os bens.

IX

No Rio, Ambrósio Arienim ombreou-se àqueles que testemunharam o momento em que se proferiu a sentença: Joaquim José da Silva Xavier, "por alcunha o Tiradentes, alferes que foi da tropa paga da Capitania de Minas, a que com baraço e pregão seja conduzido pelas ruas públicas ao lugar da forca, e nela morra morte natural para sempre, e que depois de morto lhe seja cortada a cabeça e levada para Vila Rica, aonde em o lugar mais público dela será pregada em um poste alto até que o tempo a consuma; o corpo há de ser dividido em quatro quartos, pregados em postes pelo caminho de Minas, no sítio da Varginha e de Cebolas, onde o réu teve as suas infames práticas, e os mais nos sítios de maiores povoações, até que o tempo também os consuma. Declaram o réu infame, e infames seus filhos e netos, tendo-os, e seus bens aplicam para o fisco e Câmara Real, e a casa em que vivia em Vila Rica será arrasada e salgada, e que nunca mais no chão se edifique, e não sendo própria, há de ser avaliada e paga ao seu dono pelo bem confiscado, e no mesmo chão se levantará um padrão pelo qual se conserve em memória a infâmia deste abominável réu".

Não bastava o sangue. A crueldade da Coroa requeria a dor supliciada, os sofrimentos infindos, a agonia lenta, a profanação do cadáver, a ignomínia póstuma. Urgia que o castigo se estendesse a filhos, netos e gerações posteriores.

X

No sábado, 21 de abril de 1792, Ambrósio Arienim viu o Rio de Janeiro amanhecer engalanado para festejar a supremacia inconteste da Coroa. Os sinos das igrejas dobraram soturnos; o passo procissional da multidão, rumo ao local da execução, marcou-se pela monocórdia recitação das ladainhas. Pelas ruas do centro, fanfarras atraíam a turba; abotoada em vistosos uniformes, montada em imponentes e asseadíssimos cavalos ornados com arreios e estribeiras de prata, a soldadesca desfilava rumo ao Campo da Lampadosa.

No cárcere, despojaram Tiradentes de suas vestes, rasparam-lhe o cabelo e a barba, e o cobriram com uma túnica branca, oferta generosa da Santa Casa. O réu comentou com seu algoz ter Jesus também morrido assim, despido de seus trajes. Mãos amarradas, enfiaram entre elas um crucifixo a sobressair-lhe aos dedos e, no pescoço, a grossa corda a servir-lhe de colar necrófilo.

Ambrósio Arienim incorporou-se, à porta da cadeia, à procissão da Irmandade da Misericórdia, acolitada pelo esquadrão de cavalaria da guarda do vice-rei, montada em selas revestidas de seda e veludo. Viu o réu trazer as faces abrasadas e, ao caminhar em passos firmes, monologar com a imagem de Jesus pregada ao crucifixo.

Às onze horas, o condenado e seu séquito chegaram ao local onde se erguia o imponente patíbulo, cuja forca pairava acima de vinte degraus. Ambrósio Arienim, atônito, não desviava os olhos daquele homem que encerraria ali seus quarenta e cinco anos de existência. Observou Tiradentes subir o cadafalso de olhos pregados ao crucifixo, acompanhado pelo carrasco Jerônimo Capitania. Este, a voz contida, se escusou por cumprir, por força de lei, a vil função, e pediu-lhe perdão em nome de Deus e da Virgem Maria. Tiradentes beijou-lhe as mãos e rogou abreviar-lhe o suplício. Um frade franciscano, ao recitar as orações fúnebres, enfatizou o conselho do *Eclesiastes*: "Não fale mal do rei, nem mesmo em pensamento, e não fale mal do poderoso, nem dentro do seu próprio quarto: um passarinho poderá ouvir, e um ser alado qualquer poderia contar o que você falou."

Encerrada a reza do Credo, soaram clarins e o rufar intenso de tambores no intuito de abafar gritos de estertor do condenado. Ambrósio Arienim tomou-se de arrepios ao ver o carrasco empurrar Tiradentes na direção do vazio. O corpo rodopiou e a vítima emitiu engasgos, movida pela ânsia de aspirar o ar que lhe faltava. A fim de apressar o suplício, o verdugo atirou-se, qual um símio, sobre os ombros, de modo a forçar, com o seu peso, o esticar da corda no pescoço do réu. A multidão, pasma, observava calada o espetáculo de horror.

Retirado o corpo de Tiradentes, um magarefe retalhou-o a machadadas: primeiro, separou-lhe a cabeça e, em seguida, dividiu-o em quatro partes, cada uma com um braço ou uma perna. Mergulhou tudo em salmoura, à espera de levarem à exposição pública: a cabeça em Vila Rica, os quartos em Varginha, Cebolas, Borda da Mata e Bandeirinhas.

De retorno a Vila Rica, Ambrósio Arienim encontrou dona Hipólita Jacinta fechada em luto, os cabelos desgrenhados, o olhar vazio. Próximo de seu palacete, pelo abortar da rebelião cantava-se *Te Deum* na matriz do Pilar em presença do governador.

De tal maneira o terror se propagou que o Visconde de Barbacena, ao ver os ânimos exaltados da população, sentiu-se ameaçado e apelou a Lisboa enviar sem demora guarnição especial para cuidar de sua segurança. O sentimento de revolta do povo culminou com o roubo da cabeça de Tiradentes, exposta na praça vizinha ao palácio governamental. Com certeza deram-lhe sepultura digna.

XI

Ao ver dona Hipólita Jacinta abatidíssima, Ambrósio Arienim esforçou-se por quebrar-lhe o silêncio:
– A senhora considera que a causa da conjuração pode ser atribuída às ideias francesas e americanas? – indagou o cozinheiro ecoando o que ouvira no Rio de Janeiro.
– Talvez nada houvesse sucedido se o ouro, escasso, não deixasse como lastro a penúria das gentes – murmurou dona Hipólita Jacinta. – As montanhas tornaram-se ocas por dentro e estéreis por fora.
Ambrósio Arienim deu assentimento às lamúrias de sua patroa e escreveu à filha adotiva, Rosária Maria: "Minas já não existe. É sonho. Aqui o mar se fez montanhas. Condensou-se. Vagas e ondas cessaram sólidas nesse mundaréu de serras que embriagam as vistas e poetizam a alma. Agora, exauridas as minas, ao mineiro não restou alternativa senão a procura de novas terras. Ele desce das montanhas e busca a extensão dos campos. Larga o minério para apascentar rebanhos. Troca as minas pelas gerais."

XII

Solteiro e em idade avançada, Ambrósio Arienim faleceu em Vila Rica consolado pelos santos óleos e a presença da irmã de caridade Rosária Maria Arienim que, no Recolhimento de Nossa Senhora da Conceição de Macaúbas, abraçara a vida conventual. Ali aprendera prendas domésticas, dança, música, francês e italiano, princípios de numeração aritmética, filosofia racional e moral, retórica, poética, geografia e história. O pai deixou-lhe de herança o cartucho de couro com o mapa que, para ele, não passava de mera referência que, qual amuleto, estabelece vínculos entre gerações de uma mesma família. Jamais se interessou em decifrar-lhe o enigma.

Convidada a tornar-se dama de companhia da inconsolável e envelhecida dona Hipólita Jacinta, e fascinada pelo esplendor metropolitano de Vila Rica, a religiosa abandonou o hábito branco e o manto azul, decidida a não mais retornar à clausura. Poucos anos depois, sem que se suspeitasse de sua incólume virgindade, apareceu grávida. Aos curiosos respondia que por obra do Espírito Santo... À menina concebida deu o nome de Maria Veridiana.

APONTAMENTO DEZ
ALEIJADINHO

Em meados dos Oitocentos, Maria Veridiana Arienim, grávida do filho Antenor, viu-se abandonada pelo marido, que fugira com uma escrava forra. Tão logo o menino desmamou, Veridiana Arienim, desprovida de bens mas dotada pela mãe de luzes e letras, empregou-se como escrevente – o professor de filosofia Rodrigo José Ferreira Bretas, morador de Vila Rica, a contratou para redigir-lhe os *Traços biográficos relativos ao finado Antonio Francisco Lisboa*, através do qual pretendia ele ingressar no Instituto Histórico e Geográfico Brasileiro, cujas sessões mereciam, vez ou outra, ser presididas pelo próprio imperador Dom Pedro II.

Aspirava Bretas adensar o grêmio que premiava textos eminentes sobre a história do Brasil. Em sua galeria de sócios figuravam, entre marqueses, viscondes e barões, von Martius, Varnhagen e Lund. Veridiana Arienim não tardou a perceber: Bretas pertencia a essa raça de invejosos na qual a perfídia desponta como algo mais recôndito e não como mera tristeza de não desfrutar o bem alheio. Algo engastado nas entrealmas que povoam o coração. Algo mais severo, a delimitar qualidades distintas de seres socialmente desiguais, embora de igual natureza: preencher o vazio deixado pela escassez de notícias concernentes a Aleijadinho mediante o excesso de informações, ainda que falsas, a seu respeito.

Tinha a escrevente por ofício bem redatar a biografia do mestre do barroco, de modo a garantir a Bretas a honra de figurar entre os respeitáveis membros do Instituto. Em contrapartida, nutria a esperança de o professor, com tão doutos conhecimentos, ajudá-la a decifrar o mapa herdado do avô e, quem sabe, encontrar as riquezas propícias a assegurar a ela e ao filho um próspero futuro.

— Se o senhor jamais conheceu mestre Lisboa — indagou a moça, cuja língua destravava emoções, ao se apresentar à primeira entrevista — como pretende elaborar a biografia dele? Para impressionar, com suposições, os egrégios senhores do Instituto?

A interrogação não se deu por satisfeita; a educação, entretanto, impôs silêncio, embora em sua língua formigasse: "A quem pretende enganar? A história?"

Bretas acendeu um charuto na acha retirada da lareira que aquecia a sala, deu uma baforada e comentou:

— A história é uma arca repleta de algumas joias de grande valor entre tanta bijuteria a iludir os olhos leigos.

— Sim, quantos bandidos incensados como heróis, quantos cruéis pecadores retratados como santos! — exclamou Veridiana Arienim. — O que fará de mestre Lisboa? Pretende reduzi-lo ao epíteto de Aleijadinho, cunhado por aqueles que lhe desprezam a arte?

— Tenho fontes confiáveis! — asseverou Bretas — como o testemunho deixado por Joaquim José da Silva, que ocupou a vereança na Câmara de Mariana. Em seu *Registro de fatos notáveis* ele realça a arte de Aleijadinho.

Fez-se um hiato de silêncio, cortado pelo tom irreverente de Veridiana Arienim:

– O senhor falou no plural e informou no singular. Fontes ou fonte?

– A outra fonte é Joana Lopes – acresceu o professor –, nora do artista, a quem entrevistei próximo a completar noventa anos. Além disso, escarafunchei arquivos. Só me falta a escrita apresentável; por isso a contratei, já que não me foi dado o talento de imprimir ao texto contundência e harmonia.

II

Veridiana Arienim se reunia três vezes por semana com Bretas para conferir o andamento do trabalho. Tinha por base o manuscrito que ele mesmo preparara. Dessa convivência, nela brotou um sentimento, algo assim estranho, de início indefinido, uma intuição que o coração projeta sem que a razão conceba. Embora julgasse Bretas pretensioso, no jogo de espelhos de afinidades e desencontros, no reflexo de suas carências como mulher, o perfil daquele homem de voz forte e gestos incisivos se lhe impôs com um quê de atrativo, sedutor, algo assim que a incomodava, censurando-se por se flagrar tão vulnerável na condição de viúva de marido vivo.

Repousada no travesseiro, Veridiana Arienim pressentia, espalhada pelo quarto, a barafunda de imagens mentais e sentimentos escapados a surpreendê-la entregue aos braços do professor. Brotara nela uma alegria d'alma paradoxalmente acolhida como um intruso impertinente, como se tivesse vergonha da própria beleza que se lhe irradiava na face e nos modos.

III

Entre cuidados do filho e exigências do trabalho, após ler atenciosamente todos os documentos reunidos pelo professor, ela o advertiu:

— O senhor afirma, na folha vinte e oito, ter mestre Lisboa exercido sua arte nas capelas de São Francisco de Assis da igreja de Nossa Senhora do Carmo, e também na das Almas, aqui em Vila Rica. Teria trabalhado na matriz de São João del Rei e na capela de São Francisco daquela cidade; na matriz de Sabará e na de São João do Morro Grande; nas ermidas de inúmeras fazendas; nas igrejas de Mariana, Congonhas e Santa Luzia. Andei contando: trinta igrejas! Como um aleijado teria se deslocado tanto em tão pouco tempo nesses caminhos dificultosos das Minas Gerais?

Bretas ajeitou-se na cadeira e se manteve calado, entregue ao charuto. Empertigado, esforçava-se por esconder da escrevente apreciá-la, não apenas pelo talento redacional, mas sobretudo por seus atributos femininos. Disfarçado em olhares, apetecia-se ao fitar-lhe a mecha anelada dos cabelos, os olhos azeitonados, a cor jambo da pele, o sorriso delicado, o tom desafiador com que se expressava.

Oh, meu Deus! O que haveriam de pensar se soubessem que ele, um homem casado sob o selo do sacramento, andava a suspirar, ansioso, pela hora de chegada de Veridiana Arienim? Pior seria ela desconfiar que despertava nele um jovem adormecido. Seu corpo contraía-se afagado pelo perfume que dela emanava, os músculos ganhavam rigidez, o sangue borbulhava. A escrevente podia ser sua filha e, no entanto, alvorecia-lhe o coração, dádiva celestial a amenizar-lhe as agruras de sua maratona intelectual.

Desceu à terra ao escutar-lhe a voz:

– A escolha é do senhor, que assina o texto – assentiu Veridiana Arienim –, mas saiba que não encontrei, entre seus papéis, documento que comprove a presença de mestre Lisboa em tantas igrejas e capelas que guardam obras atribuídas a ele. Teria produzido tanto? Muitas obras não teriam brotado da arte de seus aprendizes e de outros artistas igualmente talentosos como Francisco Xavier de Brito e Francisco Vieira Servas? Com quem mestre Lisboa teria aprendido o ofício da beleza?

– Aleijadinho cresceu na oficina do pai, Manuel Francisco Lisboa, um homem talentoso, o único, no Brasil, a merecer o título de Mestre das Obras Reais – frisou Bretas. – Com ele o filho aprendeu desenho, escultura e arte de construções. Com frequência o acompanhava às obras, atento aos detalhes, ao desenho dos projetos, aos cálculos das proporções, aos entalhes e encaixe das pedras. Entalhador em madeira e pedra, Aleijadinho foi aluno também do tio, Antônio Francisco Pombal, e do pintor e desenhista João Gomes Batista, responsável pelos cunhos na Casa de Fundição de Vila Rica. O ofício de entalhador aprendeu com José Coelho Noronha, autor do retábulo-mor da igreja paroquial de Caeté. Deixou-se influenciar ainda por gravuras vindas do exterior, como as dos irmãos Klauber. Quando jovem, mordeu-o a tentação do garimpo. Aqui em Vila Rica o ouro aflorava da terra em sobeja abundância. O pai advertiu-o: sua vocação não consistiria em cultivar riquezas da terra, e sim do coração, de onde brotam sentimentos, emoções, e também devoções, matérias-primas da estética.

"E o amor", concluiu Veridiana Arienim de si para si, confusa e, ao mesmo tempo, feliz por experimentar na maturidade arroubos que até então julgara próprios da mocidade. Abraçou a si mesma, como a proteger-se de uma rajada de vento frio, empenhada em evitar a todo custo que Bretas lhe captasse as ânsias:

– E ele teria sido filho de escrava, como apregoam? – indagou quase engasgada.

– Pouco se sabe de suas origens – admitiu o professor. – Teria nascido do ventre da escrava Isabel, alforriada pelo pai dele, no dia em que foi batizado. O avô materno, Fortunato, trabalhava dezesseis horas por dia nas lavras de um senhor que lhe permitia, findo o período, garimpar por conta própria. Do que achou e sonegou, amealhou o suficiente para comprar sua liberdade. A avó e a mãe de Aleijadinho escondiam ouro em pó nos cabelos, lavados mais tarde na pia batismal da igreja do Padre Faria. Graças à riqueza acumulada, obtiveram a alforria e ainda construíram a igreja de Santa Ifigênia.

— Mestre Lisboa tinha sessenta e dois anos quando Tiradentes, enforcado pela Coroa, teve a cabeça exposta aqui em Vila Rica — recordou a escrevente. — Nunca se envolveu com os revoltosos?
— Não quis se meter na conjuração — observou Bretas. — Preferiu fugir do sol por suspeitar da própria sombra. Nem tinha cabeça e saúde para tanto, embora se comovesse com a pobreza da gente numa terra repleta de riquezas. E, à sua maneira, cumpliciou-se com os revoltosos ao imprimir feições mulatas em seus querubins. Não havia quem suportasse a carga de pagar o quinto. De Minas, Portugal arrecadou, ao longo de quase duzentos anos, ao menos oitocentas toneladas de ouro. E como se não bastassem as dificuldades econômicas da colônia, dona Maria I ainda proibiu a abertura de fábricas e estradas! Portugal insistia em manter o Brasil inculto. Ao contrário dos países da América hispânica, em todo o nosso território não havia uma única tipografia, uma só universidade!
— Apesar disso — ponderou a escrevente — Minas se tornou esteio de grandes artistas.
— Dona Maria I considerava abusivos, quiçá luxuriosos — protestou o professor — os desenhos e floreios brotados da pedra-sabão. Tentou obrigar os artistas a retornarem aos capitéis toscanos e aos pórticos em arco pleno. Aleijadinho, felizmente, ignorou a ordem de Sua Alteza Sereníssima, a Louca.

IV

Veridiana Arienim revirou os olhos e arrepiou-se. Temia que ele descobrisse com quanta ansiedade ela esperava o momento de o reencontrar, sentir-lhe o calor, respirar o aroma dos charutos que lhe impregnava cabelos e roupas. Oh, por que Cupido arma ciladas tão imprevisíveis? Por que este homem, se tantos outros, mais jovens, me fazem a corte nas ladeiras de Vila Rica? Por mais que se empenhasse, seu raciocínio não alcançava a causa dessa maviosa irrupção de empatia. Ali, à frente dela, estava o seu contrário e, no entanto, também seu complemento, encaixe capaz de resgatar a fêmea que nela palpitava.

Tossiu para apagar seus devaneios e passou a outra questão:

– Como pretende descrever-lhe o aspecto físico?

– Por ser mestiço – observou Bretas – suponho que Antônio Francisco trazia desbotado o negrume da pele. A voz forte favorecia a fala entusiástica, contrastando com a estatura mediana, mais baixa que alta. Avolumado de gorduras, mas sem excesso, o corpo culminava na cabeça redonda como o rosto, coberta pelo cabelo anelado. Trazia a barba espessa sobre o pescoço curto; acima dos lábios grossos o nariz era regular.

– O senhor não estaria a exagerar? – objetou.

– Um gênio se retrata pelos contrastes – sublinhou Bretas. – Antes de ter o corpo tomado de dores, Aleijadinho teria apreciado a boa mesa e a dança. Porém, desde que deu por terminadas, em Sabará, as obras da igreja do Carmo, que o ocuparam por doze anos, viu-se atacado pela moléstia. O que seria? Talvez excessos venéreos, pois não se casou, foi dado às putas. Com uma delas teve um filho; deu-lhe o nome do avô, Fortunato. Consultou-se com vários médicos. Diagnosticaram-lhe sofrer de erotomania, ou quem sabe algum mal endêmico; zamparina e escorbuto grassavam por essas plagas. Uma tal de Helena, da rua do Carrapicho, andou vociferando tê-lo visto ingerir boa dose de cardina, convencido de que assim expandiria seus dotes artísticos. Outros a acusam de mentirosa; as únicas drogas que experimentou seriam as tinturas, obrigado a aspirá-las no trabalho. Havia quem suspeitasse ter ele contraído mistura de escorbuto com humor gálico ou sofresse de esclerose sistêmica ou de siringomielia, doença do sistema nervoso central, de causa ignorada, que provoca distúrbios de sensibilidade, contrações musculares e deformidades. Alguns doutores suspeitaram padecer de lepra, o que parece fora de propósito; jamais sofreu segregação. Talvez – concluiu o professor – tenha contraído porfiria, devido à absorção excessiva de ferro contido no solo de Vila Rica.

Ao perceber Veridiana Arienim exalar incredulidade, Bretas refreou a língua. Impunha-se a obrigação de não magoá-la e quisera poder ela adivinhar que ele, se viúvo ficasse, haveria de abandonar todos os projetos filosóficos e históricos para dedicar-se a escrever-lhe os mais efusivos sonetos. Veridiana era o seu pensar e o seu pesar, magia a florescer em seu lado avesso, como se seus olhos tivessem dotados do poder de transfigurá-la:

– Talvez haja algum exagero no que descrevo – admitiu –, mas para efeito de comoção nos insignes leitores de meu trabalho, prefiro sugerir que, em pouco tempo, Aleijadinho perdeu todos os dedos dos pés, obrigado a arrastar-se de joelhos, penitente compulsório – frisou. – As mãos atrofiaram-se, curvaram-se, os dedos caíram; restaram-lhe polegares e índices.

– Sim – interveio a escrevente –, o senhor anota, aqui na folha quarenta e três, que um dia mestre Lisboa sentiu tamanha dor num dedo que lhe sobrava que, desesperado, ajustou o formão e decepou-o.

– E você deve acrescentar – insistiu Bretas – que seus dentes amoleceram, as pálpebras inflamaram-se, a boca entortou-se, o olhar ganhou expressão sinistra. Tornou-se uma figura medonha. Já não lhe diziam o nome. Era chamado Aleijadinho. Passou a depender, em tudo, de seus escravos e amigos Maurício, Agostinho e Januário, com quem dividia o que lhe pagavam.

– A amizade que o aproxima do poeta Bernardo Guimarães – objetou Veridiana Arienim – não estaria a suscitar voos demasiadamente altos à sua imaginação?

No íntimo, ela achou graça da própria indagação, logo ela que, há tempos, outra coisa não fazia senão deixar-se levitar pelos ardores de uma paixão inconfessável e, nas horas vagas, consolar-se na leitura de poetas cujos talentos decifram os mistérios do amor. Quanta felicidade passar ali horas em que os ponteiros dos relógios quedavam parados no infinito... Todos os momentos se comprimiam na efusão amorosa, o que fazia a eternidade parecer tão breve!

Deixou-se levar pela lembrança dos incontidos apelos noturnos de seu corpo, o enrijecer da pele, a umidade entre as dobras de seus membros, o salivar da boca, a mão redescobrindo-se apoderada pelo cio, a imagem do charuto transmutando-se intumescido de virilidade, fazendo-a transcender em ímpetos.

Despertou de si, envergonhada, ao escutá-lo:
— Gosto muito do contraste entre o feio e o belo — observou Bretas. — Assim como da dura aspereza das rochas brotam suaves fios de água que formam grandes rios, o esplendor barroco há de ficar ainda mais realçado se o seu maior mestre for um homem cuja aparência nos repele os olhos. Não apreciamos melhor a Sinfonia Número 3, a *Heroica*, ao tomar ciência de que Beethoven a compôs já em estado de avançada surdez? Causará boa impressão nos senhores da metrópole imaginar quão terrível é para um artista, capaz de talhar na pedra bruta a mais bela escultura, testemunhar a ruína do próprio corpo — prosseguiu o professor. — Todos, aqui em Vila Rica, sabiam que ele não admitia a proximidade de estranhos. Considerava-se de aspecto repulsivo, e o olhar alheio acendia-lhe a ira, embora fosse brincalhão na intimidade. Nem sequer admitia tecerem elogios à sua arte; o que a boca proferia com admiração soava a seus ouvidos como insincera compaixão, em tom de escárnio. Ao sair à rua, escondia-se numa sobrecasaca azul, de tecido grosso, a lhe cobrir as pernas; os sapatos pretos obedeciam às formas irregulares dos pés. Metia-se também num capote escuro de mangas compridas, gola em pé e cabeção, tendo a cabeça coberta pelo chapéu braguês de feltro, com abas largas presas à capa por dois colchetes. Assim, montado em seu burro, era puxado pelos caminhos. Saía de

casa antes que a luz do dia lhe descobrisse o rosto, e retornava quando a noite já não permitia lançar sobre ele olhares curiosos. Para que pudesse trabalhar, atava às mãos deformadas ferros e o macete. Prendia, sob os joelhos, placas de couro ou madeira, de modo a arrastar-se sem se ferir. Não admitia que o vissem trabalhando; enfurnava-se sob uma tolda, ainda que estivessem cerradas todas as portas e janelas do templo. O governador Dom Bernardo José de Lorena insistiu em vê-lo criar e postou-se frente ao contraforte de uma igreja. Aleijadinho deixou granitos de pedra escorrerem do andaime direto para a cabeça do capitão-general... Movido por um sentimento de vingança, com galos ainda a arder-lhe na cabeça, o governador troçou da imagem de São Jorge, esculpida por Aleijadinho e ostentada na procissão daquela tarde. No dia seguinte, convocou-o ao palácio: "Mandei chamá-lo, Antônio, porque não me agrada a imagem de São Jorge que vi ontem na procissão. O povo de Vila Rica merece coisa melhor. Gostaria que vossência fizesse outra." "A quem sugere como modelo?", perguntou. O governador olhou em volta e apontou o seu ajudante de ordem: "O alferes Romão."

Os olhos de Veridiana Arienim imergiram em lágrimas contidas. O professor fez uma pausa, curioso e admirado. Agarrou-se a todos os princípios éticos e religiosos para não proferir a atroz inconfidência de que identificava nela a mulher de sua vida. Doce tortura essa de querer levantar-se, abraçá-la, afagar-lhe os cabelos pretos, beijá-la, ainda que sob o risco de ser repudiado e acusado de adúltero e libertino. Deixou-se apossar pela recordação dos momentos de prazer no banho, Veridiana nua como ele a ocupar-lhe imaginação, visão, emoção, um cavalo fogoso a arder-lhe nas entranhas, os dentes cravados no lábio inferior para conter o grito prestes a emergir de seus estertores.

V

– Professor, o senhor está cansado? Quer parar por hoje? – indagou Veridiana Arienim ao despertar-lhe.

Bretas respirou fundo, recolheu seus devaneios e prosseguiu:

– Não, não, vamos trabalhar. Como dizia, no ano seguinte, a nova imagem de São Jorge foi a grande atração da procissão. Muitos viram nela a feiura do alferes Romão. Inclusive o próprio, que prometeu não sossegar enquanto não lograsse proibi-la de sair à rua. O povo, que não tem papas na língua, chegou a cunhar uma quadrinha: *O São Jorge que ali vai,/com ares de santarrão,/não é São Jorge nem nada/é o alferes Zé Romão.*

Quando Bretas terminou de narrar a vingança de Aleijadinho, Veridiana Arienim manifestou-lhe incredulidade:

– A descrição do aspecto de mestre Lisboa – pálpebras inchadas, boca desdentada, olhar sinistro – que o senhor diz ter colhido no texto de Joaquim José da Silva, não será uma obra de ficção inspirada no *Corcunda de Notre Dame* de Victor Hugo? Quasímodo e mestre Lisboa estão intimamente associados a belas igrejas. Ou teria Michelangelo reencarnado em mestre Lisboa? – indagou irônica. E soltou a língua: – Isso de escorrer entulho à cabeça do observador também sucedeu com o papa Júlio II ao insistir em acompanhar o trabalho do artista italiano na abóbada da Capela Sistina. Invente melhor história se pretende coroar o talento de mestre Lisboa com a glória da fama perpétua. Seja, entretanto, mais comedido ao transpor o antes para o agora. Que a falsidade venha carregada de um mínimo de originalidade. Tenha presente que, se as obras criadas são inegavelmente de altíssimo valor artístico, pouco importa a vida do criador. Mestre Lisboa teria mesmo estigmatizado a feiura do alferes Romão? Parece-me improvável, pois com que moral falaria de outrem um homem horrendo como ele, segundo suas tintas, professor Bretas? Esse episódio lembra o ocorrido com Rafael ao pintar o *Juízo Final* no Vaticano. Entre os condenados às chamas eternas figura um cardeal que o destratara. Sua eminência se queixou ao papa, que teria replicado: "Infelizmente não tenho poder de tirar ninguém do inferno."

VI

Veridiana Arienim se perguntava o que é o belo? Oh, quão subjetivos todos esses conceitos! Bretas, a seus olhos, era a singularidade estética que, com certeza, não merecia louvores das opiniões femininas, mas ela encontrara nele um esplendor cavalheiresco, um vigor de ébano, a mais bela criatura digna de ocupar os recônditos de seu coração.

Refluído os ímpetos, ela adicionou mais uma observação:
— O senhor escreve "Então algumas mulheres que se dirigiam à igreja do Bom Jesus do Matozinhos se surpreenderam ao ver, no átrio, o próprio Jesus e seus apóstolos reunidos na Última Ceia. Tomaram aquilo como uma visão sobrenatural. Educadas, trataram de cumprimentá-los." Ora, isso lembra Madalena a caminho do túmulo de Jesus, ao ver o jardineiro, conforme descrito no capítulo vinte do evangelho de João. Ou a lenda de que pássaros bicavam a tela em que Zêuxis pintou cachos de uva, tamanha a perfeição da obra. E isso de que Aleijadinho dividia seus ganhos com os escravos que lhe serviam, não lembra Onésimo, louvado nas epístolas de Paulo?

VII

— O senhor, professor, já me descreveu com quem mestre Lisboa aprendeu as suas artes. Mas onde adquiriu tamanha erudição artística? — perguntou Veridiana Arienim.
— Para justificar seu conhecimento artístico, posto que jamais teria saído de Minas, exceto uma breve viagem ao Rio — afirmou Bretas —, faço-o filho de um prestigiado arquiteto português com uma escrava. Quantos heróis não foram paridos por antagonismos confluentes? O próprio Jesus não era filho de Deus com uma modesta camponesa de Nazaré?

— Mas o senhor bem sabe que, para muitos aqui em Vila Rica, ser mulato é uma infâmia! — exclamou Veridiana Arienim. E observou: — Há quem considere a mulatice, da qual nem eu nem meu filho escapamos, uma das raças infectas.

Bretas cruzou as pernas a modo de se segurar na cadeira. Quisera levantar-se, envolvê-la, expressar sua admiração pela tonalidade amêndoa da pele de Veridiana, aspirar-lhe o frescor e cobri-la de carícias. Entrelaçou as mãos sobre o joelho direito e explicou:

— Que ele não era branco está comprovado pelo documento de seu ingresso na Irmandade de São José dos Pardos, reservada a negros e mulatos.

— E nunca se casou?

— Minhas pesquisas indicam que morreu solteiro, mas, além de Fortunato, teve um filho da crioula forra Narciza Rodrigues da Conceição.

— Como Adeodato, filho de Santo Agostinho — comparou Veridiana Arienim.

— Sim, e batizou-o Manoel. Adulto, Manoel Francisco Lisboa casou com Joana de Araújo Correa, conhecida por Joana Lopes.

VIII

Bretas temia estar a ponto de declarar-se à escrevente. Tudo nele se achava imantado pela presença dela, ainda que Veridiana Arienim estivesse ausente. Ao voltar à biblioteca após o jantar, seus sentimentos tinham olhos para reconhecê-la na cadeira junto à mesa, nos livros tocados por ela, nos papéis espalhados sobre um pequeno console. Como reagiria se soubesse que a amo tanto? Minha mulher entraria em desespero, o escândalo faria derreter as pedras das ladeiras de Vila Rica, Veridiana partiria com o filho para a mais distante lonjura indignada com meu gesto tresloucado. Oh encruzilhadas de vidas desencontradas! Oh destino benfazejo e ingrato!

Retomado a si na manhã seguinte, insistiu com Veridiana Arienim que cuidasse de fazer Aleijadinho morrer na pobreza extrema, num catre feito de tábuas apoiadas sobre troncos de árvores, onde teria padecido em seus últimos dois anos de vida. Bretas asseverou que Joana Lopes lhe contara isso. E que Justino, aprendiz, teria recebido dinheiro por obra e se recusara a repassar a Aleijadinho a quantia que lhe cabia. Este, no fim da vida, vivia a cobrar. Revoltado com a doença e a impossibilidade de seguir trabalhando, apostrofava a imagem de Jesus que havia em seu quarto e suplicava-lhe pousar nele os divinos pés.

IX

Veridiana Arienim preparou-se para anotar cuidadosamente a opinião de Bretas quanto ao estilo barroco de Antônio Francisco Lisboa. Conteve, a custo, o ímpeto de manifestar que, a seus olhos, era ele, Rodrigo, a mais perfeita obra de arte da natureza. Como reagiria? Expulsar-me-ia de sua casa, talvez me esbofeteasse para obrigar-me a acordar do sonho, convocaria a esposa para deplorar-me como meretriz a conspurcar a santidade do lar...

Aterrissou na biblioteca ao ouvir a voz do amado:

— Eram as irmandades religiosas as principais contratadoras das obras de arte de Aleijadinho — recordou Bretas. — Da disputa silenciosa de uma com a outra, esta querendo a mais bela igreja, aquela o altar mais rico, brotou-lhe o aprimoramento estético. De sua fé ergueu-se a exuberância dos templos, como a bradar que em Minas não há lugar para o despojamento quase iconoclasta das igrejas protestantes. Em Aleijadinho o barroco retorce as imagens e faz dançar os capitéis; rodopiam os candelabros e, nos tetos, multiplica os motivos pastoris; enche de cores as personagens e as cenas bíblicas. Anjos gorduchos escondem-se atrás de flores e revoam entre os altares, com seus olhinhos atentos encravados sobre as bochechas rosadas. O barroco é a arte do coração dilacerado em remorsos e saudades, sonhos e volúpias, como se a exuberância das formas e cores redimisse a luxúria dos homens por sublimá-la na estética das figuras sacras que abrem a nós, profanos, as portas do céu. Eis um estilo em que tudo se mescla, como na vida — devoção e destempero, a piedade de santos talhada em linhas que seduzem os apetites. Como buscava imprimir frêmito em suas volutas e cinzeladuras, preferia Aleijadinho trabalhar com pedra-sabão, maleável à inspiração estética e aos arroubos da espiritualidade. Caprichava nos volteios da madeira de imagens sacras, das portas das igrejas, das envasaduras rendilhadas, dos capitéis retorcidos, dos retábulos e coruchéus. Só o barroco prefere o fascínio ao discernimento e empluma a cabeça de São Miguel Arcanjo com as penas de um cacique e confere traços murillescos ao anjos de Ataíde; rompe o classicismo das ilustrações bíblicas e exibe-os com os seus lábios grossos, seus cabelos encarapinhados, suas carnes roliças e morenas como os filhos dos escravos.

Veridiana Arienim encerrou o texto ressaltando a dedicação de mestre Lisboa ao esculpir, em Congonhas do Campo, os passos da Paixão de Jesus e os profetas bíblicos.

Na última vez que ela adentrou a casa de Bretas, este, aproveitando a ausência da esposa, que fora cumprir novena na igreja, trancou-se na biblioteca com a escrevente e abriu uma garrafa de conhaque para comemorar o término do trabalho. Transcorridas duas horas, Veridiana Arienim deixou a casa com o semblante diáfano e desceu a ladeira como a bailar, lépida, sobre as pedras disformes que calçavam a rua. Mirou ao longe o Pico do Itacolomi a despontar, imponente, sobre a Serra do Espinhaço, e desatou a rir numa efusividade de menina-moça. Bretas trancou-se no banheiro e, enchida a tina de água, tratou de banhar-se esfregando a pele com sabugo de milho para livrá-la do cheiro de tabaco e outros odores.

X

Os *Traços biográficos do finado Antônio Francisco Lisboa*, redigidos por Veridiana Arienim e assinados por Rodrigo José

Ferreira Bretas, se não causaram impressão aos eruditos senhores do Instituto Histórico e Geográfico Brasileiro, ao menos mereceram publicação no *Correio Oficial de Minas*.

Tempos depois, Veridiana Arienim, ao despedir-se do filho que decidira tentar a vida no Rio de Janeiro, deixou-lhe em mãos uns trocados e o cartucho com o mapa, herança que o avô repassara à mãe dela. Lembrou a Antenor que o professor havia examinado o papel e admitido conhecer um lugar que talvez correspondesse àqueles desenhos em forma de garranchos: Morro Velho, a poucas léguas de Curral del Rey. Só não lhe revelou que Bretas, ao mirar o mapa, tinha os olhos perdidos ao acrescentar:

– Os mapas mais preciosos, Veridiana, se gravam no coração, que guarda tesouros jamais descobertos ou revelados.

APONTAMENTO ONZE
MORRO VELHO

— A mulher do padre é muito bonita, tem olhos negros, é gorda de carnes e risos – comentou Pedro, o cocheiro, ao conduzir Antenor Arienim à mina de Morro Velho.

Olhos grandes como gema de ovo, beiços acentuados, barba grisalha, o atrevimento vinha-lhe espontâneo. Do dito, de momento não reagiu o visitante. Andava entretido em conjecturas. Sentado coxa a coxa com Pedro, apenas girou a cabeça e conferiu sua montaria; atrás, ela vinha a trote rápido, puxada pela corda que a prendia ao veículo.

– Mas dona Silvéria não mora lá na mina não – emendou o velho serviçal ao refrear o ritmo da caleche –, cuida da fazenda do padre, distante de lá uma légua de beiço.

Enxerido que era, prosseguiu sussurrante sem que Antenor Arienim lhe desse língua:

– É homem de cabedal e bom juízo – emendou em reparação ao anterior. E segredou à voz contida: – Não digo nada, seu Antena...

– Antenor – corrigiu-o.

– Sim, perdoa-me. Posso dar fiança: padres são mais fervorosos na carne que na fé. Diante de uma mulher nua, tornam-se fogosos. O inferno arde nas entranhas aquecidas pelo calor da batina. Alastram-se pelo corpo as labaredas de um incêndio que mais dura no espírito que nos membros. Atiram-se aos braços da mulher e, entre salivas e agarros, garimpam a parceira como se fossem reduzi-la em tamanho. Só não conseguem que ela perca a vontade própria.

Dito isso, olhou de banda em busca dos olhos do hóspede, à espera de aprovação. Antenor Arienim, entrementes, deitados os olhos na paisagem, dava ouvidos surdos a um cocheiro que lhe parecia senil. Mais se entretinha em comparar o desenho do mapa com a topografia do terreno em volta do que com as estripulias de um clérigo mortificado pela castidade. Ao seu lado dormitava um escravo extenuado, homem de boa braça; viera tratar uma partida de café.

Pedro repousou a atenção nos cavalos. Resfolegavam na subida da trilha rumo a Morro Velho. Logo voltou às mulheres, animado com as próprias elucubrações e o silêncio dos passageiros, que tomou por interesse:

– Elas são esquivas, ora atrevidas, ora abnegadas; não há quem dobre o coração delas. E sabem como ninguém atirar querosene às chamas. O homem, todo inflamado, logo se esvai em ímpetos e gozo, sem tempo de chegarem juntos ao paraíso. Quase sempre ele viaja sozinho.

Riu da própria observação, indiferente ao fato de sua língua demonstrar uma prodigalidade que, com certeza, não condizia com a indolência do membro trazido entre as pernas.

A casa do padre Freitas despontava na parte mais alta do terreno da Fazenda Santa Ana. O sobrado avarandado cobria-se de hera, cercado pelo jardim viçoso. Dali ele controlava os serviços da mina, situada na depressão abaixo.

II

Arranchado na fazenda do padre, Antenor Arienim apresentou-se a ele no almoço do dia seguinte; sabia-o mais propenso às madrugas que às matinas. O clérigo trazia cabelos brancos lisos; o rosto, iluminado pelo sorriso jovial, camuflava-lhe a idade. Trajava batina outrora branca. A poeira vencera todos os esforços das mais dedicadas lavadeiras; o tecido creme tendia à cor de café ralo.

– Então, reverendo – disse para quebrar distâncias –, o senhor tem asseguradas as promessas das glórias do céu e ainda encontrou mina de ouro na Terra!

– Meu caro amigo – replicou ao tirar do armário encaixado no ângulo das paredes uma garrafa de licor de jabuticaba e fitar o hóspede com seus olhos azuis –, esta mina foi explorada, pela primeira vez, por meu pai. Agora me faltam idade e saúde para tocá-la. À primeira boa oferta, passo adiante. Estou informado de que os ingleses deitam olhos nela.

– Quanto seu pai pagou por ela?
– Cento e cinquenta mil cruzados.

Antenor Arienim, abrasado por ânsias negocistas, acariciou o queixo enquanto calculava o valor em libras.

– E por quanto vossa reverendíssima pretende vendê-la?

O sacerdote deu-lhe preço.

Antenor Arienim tirou o boné e coçou a cabeça:

– Quero mostrar-lhe algo em segredo de confissão – disse ao exibir-lhe o mapa.

Padre Freitas ergueu-o contra a luz que invadia a janela, fixou os olhos meditativos no papel amarelado, enquanto o visitante discorria sobre a origem do documento. Devolveu-o desentusiasmado:

– Se o senhor se fiar nessas falsas relíquias vai perder tempo e dinheiro. Quem descobre tesouro lacra a boca para abarrotar o cofre. Isso deve ser obra de piratas para extorquir os incautos. Por que não troca o sonhado pelo sabido? – atiçou-lhe o reverendo.

III

Da conversa formigou em Antenor Arienim a disposição de procurar os ingleses interessados no ouro do Brasil. Calou, porém, sua intenção.

– Quanto custa tocar esta mina? – indagou com a cabeça voltada aos negócios.

– Para mim, o investimento é caro. Por isso estou disposto a vendê-la. – E adiantou: – Calculo que, com um quarto do valor da compra, se consiga adquirir o material rodante e montar as trinta e seis cabeças de pilões que, em doze horas de trabalho, podem triturar quinze toneladas de minério. É preciso ainda instalar os almofarizes para lavar e esmagar as pedras. Vamos supor que se obtenham dezoito gramas de ouro por tonelada. Isso representará um excelente rendimento anual. Portanto, em poucos anos o investimento estará pago; o resto é lucro.

Assaltou-lhe a dúvida: seria mesmo o padre um homem de Deus? Recordou-se do provérbio: *Louco é quem rasga dinheiro ou vende mina de ouro.* Impressionava-o a lógica empresarial do sacerdote. Seria ele capaz de discorrer sobre teologia com tanta desenvoltura? Não se atreveu a desafiá-lo. Importava-lhe fechar o negócio com os ingleses e embolsar sua comissão.

– Se o senhor nunca dispôs dessa tecnologia, como fez para explorá-la? – perguntou.

Sentado na poltrona de mogno, o padre avançou o tronco, transferiu o cálice para a mão esquerda e segurou a perna do visitante com a direita:

– Ora, meu caro, Deus amassa o pão a quem faltam dentes. Na única vez que lá entrei, o veio era uma massa inclinada de ardósia cloritosa aurífera, mesclada de quartzo, onde se encontrava ouro em piritas ferruginosas impregnadas de arsênico. Incrustados nas paredes, havia cristais brancos aciculares e sulfato de alumínio impuro.

– E como fez, reverendo, para trazer esse material para fora?

O padre sorriu à meia boca:

– Sabe o senhor que nós, sacerdotes, aprendemos idiomas clássicos. Conhecemos o que a história humana contém de mais glorioso. Aníbal ensinou-me a arrebentar as rochas com água, já que as autoridades régias proíbem importar pólvora para explosões. Ao atirar água fria na pedra fortemente aquecida, esta se espedaça; então colho o minério. Trituro-o com apenas quatro pilões; produzo uma boa quantidade de ouro por dia, graças ao trabalho de meus escravos, ou melhor – corrigiu-se em visível constrangimento –, trabalhadores, pois, como bom Onésimo, trato-os segundo a caridade cristã, e remunero a cada um com cinco gramas de ouro por semana. Apesar de terem os escravos cor de pele diferente da nossa, são filhos do mesmo Criador Todo-Poderoso e, portanto, merecedores de nossa máxima indulgência, devido à posição de inferioridade na qual a Divina Providência houve por bem colocá-los.

– E são necessários muitos negros?

– Não enquanto se captava o ouro em lavras, ofertado pela benevolência da superfície terrestre, o que o deixava com coloração negra. Porém, para rasgar o ventre da Terra e abrir túneis em busca do metal precioso, não há outro meio senão a fartura de braços. Para escavar galerias é preciso que a anterior desemboque numa escada; de cada degrau um escravo passa, ao que o precede, o cesto repleto de terra. Uns cavam, outros encestam, um terceiro grupo conduz à boca da mina a terra retirada. E, fora, a lavagem do ouro requer muitas mãos.

– Por que não enfiar a indiada nessa empreitada? – provocou Antenor Arienim.

– Ora, o índio é nômade como as bestas da selva. Serviu bem às bandeiras que desvirginaram essas terras. Mas só o negro, que lhe é superior em cultura, e domina a arte dos metais, suporta a vida sedentária exigida pelas lavras. Foi o negro que trouxe ao Brasil o processo de redução do ferro pelos fornos de cuba.

– Contudo, por vezes refugiam-se em quilombos – comentou Antenor Arienim ao relembrar histórias contadas pela mãe.

– É o que lhes falta de tutano – lamentou o sacerdote –, pois preferem a liberdade à segurança.

– E hoje, quanto produz a mina?

Padre Antônio Freitas parou o cálice de licor antes que tocasse os lábios:

– Trezentos quilos de ouro por mês, gema que sobra de quarenta e cinco toneladas de pedras. No ventre da mina, há dois mil e seiscentos trabalhadores; três mil e quinhentos no geral.

– Posso visitá-la? – perguntou o visitante ao se erguer.

O anfitrião tombou a cabeça para trás enquanto esvaziava o cálice, ajustou o boné na cabeça e dirigiu-se à varanda.

Seguiram na caleche conduzida por Pedro. Um pequeno córrego desaguava do jambeiro, pegava a redução, lavava as pedras e cuspia lama preta no rio das Velhas.

– O que é aquilo? – indagou o hóspede, enojado com o que via.

– Puro arsênico.

Apearam à boca da mina.

– Quantas galerias?

– Nove.

– O produto é de boa qualidade?

– Vinte e quatro quilates, doce e puro – asseverou o sacerdote com um meio sorriso.

– Podemos entrar?

Padre Freitas deu um passo atrás; justificou-se:

– O senhor pode, eu não. Melhor andar de costas do que dar de cara com o diabo. Mulher e padre não entram. Os mineiros acreditam que saia, lá dentro, seja de mulher ou batina, atrai desgraça.

Antenor Arienim também recuou.

– Qual a profundidade?

– Dois mil e seiscentos metros.

– Quantas horas de trabalho por dia?

– Seis, mais uma para descer e outra para subir.

– A que temperatura?

– De quarenta a quarenta e cinco graus.

– Com que roupa?

– Só calção; na cabeça, lanterna alumiada com óleo vegetal ou cera.

Padre Freitas fez uma pausa e emendou em tom penitente:

– Devo admitir que, lá dentro, a maioria troca a saúde por silicose.

Ao visitarem o núcleo de mineração situado na encosta ocidental do vale, Antenor Arienim, atento aos detalhes, observou as enormes rodas hidráulicas, os barracões escuros, o chão coberto de fuligem cinzenta, as casas de máquinas, as pequenas construções em forma de quiosque, caiadas de branco; dali homens controlavam a velocidade da tração por instrumentos manuais.

O bater compassado dos pilões, durante o dia, parecia marcar o ritmo do relógio e, à noite, o ruído das rodas hidráulicas lembrava o balanço de vagas marítimas sobre a areia da praia.

IV

No mês seguinte, o tabelião estendeu os papéis sobre a mesa da fazenda. Padre Freitas ajeitou o *pince-nez* sobre o nariz afilado, examinou-os de um relance, assinou-os e passou-os a Antenor Arienim. Estava selada a venda da mina de Morro Velho à empresa britânica Saint John Del Rey Mining Company.

V

Mister Smart, ao assumir a direção da mina, contratou Antenor Arienim como administrador adjunto. Este já não se animava a perseguir os indícios do mapa familiar; padre Freitas o convencera tratar-se de uma quimera. Melhor fiar-se no tesouro que o ventre da terra lhe punha ao alcance das mãos...
    Homem de hábitos controvertidos, o inglês trajava casaca de baeta ordinária e, por baixo, camisa de linho; nos pés, sapatos de cordovão. Cobria-lhe os cabelos dourados um chapéu de castor forrado de seda. À mão, a boceta de prata com o tabaco em pó que ele aspirava a cada minuto. Trazia um olho cego, mas enxergava como se tivesse quatro sadios. Dizia-se ter ficado caolho numa caçada a negros no Daomé. A ponta de uma lança vazara-lhe a vista esquerda. E como quase todo homem de visão destra, via o mundo pela ótica míope.

Os métodos de mister Smart suscitavam inquietações em Antenor Arienim. Parecia não se dar conta de estar no Brasil, e não em terras africanas. Aqui, embora imperasse a escravatura, sabia-se a diferença entre negros e animais.

Passado um mês, padre Antônio Freitas recebeu-os na Fazenda Santa Ana.

– Imagino que, agora, vossa reverendíssima sinta-se aliviado – comentou o inglês –, dispõe de boa renda, mora num rancho confortável e pode dedicar-se ao cuidado da saúde e à salvação das almas.

O sacerdote curvou a cabeça sobre o peito. Tenso, fez um minuto de silêncio. Levantou os olhos, fungou e lamentou, encarando-os:

– Os senhores não cumpriram o nosso trato. Pensei que fossem tocar a mina com braço alforriado ou, pelo menos, livre de açoites e castigos cruéis.

VI

No ano entrante, desgostoso por se ver abandonado por dona Silvéria – que desembestou seus desatinos e o trocou por um mascate árabe de dentes de ouro, e ainda lhe surrupiou o dinheiro ganho com a venda da mina –, padre Freitas veio a falecer. Pedro continuou a cuidar da Fazenda Santa Ana. Para quem lhe desse ouvidos, assegurava que, todos os meses, na última sexta-feira, o padre aparecia por lá e tirava dos armários todo tipo de provisões necessárias à sua vida além-túmulo.

– Eu mesmo deixo a carne preparada sobre a mesa – contou o velho. – Junto, uma garrafa de aguardente. Ele gostava de um trago, mas o médico não aconselhava. Eu tratava de esconder as garrafas. Agora que passou para o outro lado, tenho pra mim que Deus não se importa que ele beba. Muitas vezes vejo o finado andando de aposento em aposento, como se à procura de alguma coisa. Mas o respeito bota arreio na minha língua e não ouso falar.

VII

Ao pé da ladeira pedregosa que levava às cocheiras, uma pequena ponte conduzia à casa de amalgamação. Acima, destacava-se, em acentuada elevação, a casa-grande de Morro Velho; atrás, os depósitos, a meio caminho do terreno ocupado pelas residências dos funcionários.

A beleza da casa-grande se restringia à arquitetura exterior. Dentro, era quente de dia; úmida e fria à noite, devido à proximidade com o ribeirão. Ficava num terreno gramado com mudas trazidas dos jardins escolares de Cambridge pelo diretor da Companhia. A orla do tapete verde desabava sobre o ribeirão, margeado por laranjeiras, limeiras e uma viçosa flor-de-papagaio. No aterro do lado esquerdo, que no passado servira de depósito de lixo, agora floresciam cafezais e bananeiras. Atrás, numa depressão profunda regada por um córrego, estendia-se o jardim. Na parte mais alta, Lady Anne, mulher de mister Smart, e sua filha Susan plantaram frutas e flores europeias – tragadas pela formiga da roça antes que pudessem chegar à mesa e aos jarros das varandas.

Mister Smyth tinha a horta a seus cuidados. Homem de muitos talentos, sabia um pouco de tudo: preparar um apetitoso carneiro assado ou arranjar um ramalhete de flores. Suas grossas mãos colhiam enormes repolhos e todo tipo de verdura conveniente à salada. No entanto, jamais conseguira produzir ali batatas sadias, e os rabanetes eram duros e fibrosos. Desde que chegara, presidia a Sociedade de Horticultura, que se reunia na primeira semana do mês.

Anne Smart trouxera da Jamaica a receita de um molho de pimenta; alguns o consideravam semelhante ao tucupi do norte do Brasil.

– Como se prepara? – perguntou Antenor Arienim ao buscar na cozinha um gole de café, mais interessado na companhia de Susan que na receita.

– Ajunte quatro litros de caldo de carne salgada de vaca e oito de suco de mandioca venenosa, bem fresca – explicou.

– Um momento, a senhora disse mandioca venenosa? Não sabe que o suco contém ácido cianídrico, terrível veneno?

– Sim, mas depois da fervura o veneno se volatiliza e torna o suco inteiramente inócuo. Mas deixe-me continuar: ferva a mistura do caldo de carne com o suco de mandioca a fogo lento, durante seis ou sete horas, em panela de barro. Ao fim de três horas, sem retirar do fogo, acrescente quatrocentos e cinquenta gramas de grãos inteiros de pimenta-do-reino, duzentos e vinte gramas de pimenta-malagueta, quatro nozes moscadas raspadas e sessenta gramas de cravos. Para quem gosta de infusões fortes, pode-se acrescentar pimenta-cumari à vontade. Terminada a fervura, passe numa peneira fina e engarrafe. É excelente molho para carnes e legumes.

Antenor Arienim com certeza não saberia repetir a receita; aos amargos ingredientes que lhe chegaram aos ouvidos preferira a doce visão de Susan que, ao lado da mãe na cozinha, preparava a torta Miss Guynt que, na falta de cerejas, era recheada de goiaba em calda e tinha a massa regada a conhaque. Estava ciente, no entanto, de que os ingleses eram arredios a casamentos com os nacionais. Comparado aos brasileiros, todos se julgavam portadores de sangue azul. Para conquistar a fada de seus sonhos e suspiros haveria, antes, de superar os mais azedos desafios.

VIII

Próximo à superintendência, um pouco escondida entre a vegetação, a biblioteca localizava-se num pequeno octaedro todo caiado de branco, coberto por um telhado vermelho; parecia pintado à mão. Abrigava novecentos e vinte volumes, dos quais cento e vinte destinados a exercícios e leituras escolares.

A função de bibliotecário era ocupada pelo padre Tregeagh, capelão inglês, simpático clérigo anglicano, orgulhoso de haver sido ordenado pelo bispo de Canterbury. No fichário, caprichosamente anotado em letras góticas, Antenor Arienim verificou que mister Smart tomara emprestadas as obras de Spix e Martius, e *Duas viagens ao Brasil*, de Hans Staden. Quedou-se a imaginar quão insípida deveria ser a carne branquela do inglês assada numa fogueira de botocudos. Naquelas prateleiras conviviam, pacífica e ecumenicamente, Tertuliano e São Jerônimo, Tácito e Santo Agostinho, Cícero e São João Crisóstomo, Bossuet e Montaigne, Plutarco e Montesquieu.

Foi ali na biblioteca, pretextando interesse em livros, que Antenor Arienim assanhou a fala e expôs seus sentimentos a Susan Smart. As palavras lhe saíam atropeladas pela língua, o coração palpitava, as pernas fraquejavam. A moça abriu um sorriso comedido, as faces muito brancas transmutaram-se em rubras, os olhos claros umedeceram e as mãos trêmulas deixaram o livro cair.

IX

Aos domingos, no espreguiçar do dia, os escravos subiam do Timbuctu e da Boa Vista para a casa-grande. Descalças, perfiladas em colunas de seis, as mulheres, precedidas pelas mais jovens, vestiam saias brancas de algodão. Uma fita vermelha pendia em torno da cintura. Sobre os ombros, o xale listrado de azul e branco. Na cabeça, o lenço de cores vivas.

Mister Smart, com seu enorme nariz adunco, separava, à sua direita, aquelas consideradas de boa conduta. O critério constituía um segredo muito bem guardado entre ele e Lady Anne. As que não tinham ainda um ano de trabalho traziam larga tira vermelha prendida à bainha da saia. A tira era mais estreita nas saias das escravas que trabalhavam há três, quatro ou cinco anos. As de saias rodeadas por sete tiras vermelhas sabiam estar próximas da alforria.

Em todo o país, só se obtinha alforria após dez anos de trabalho; a Companhia, num gesto de magnanimidade, reduzira o prazo para sete. Assim, atraía-se mão de obra mais jovem e aplacavam-se as frequentes denúncias dos políticos abolicionistas, muitos deles antigos escravocratas.

Atrás do mulherio, os homens trajavam calças de algodão, camisas brancas, coletes frouxos azulados, gorros vermelhos. À esquerda, alinhavam-se os mineiros considerados de boa conduta, enfiados em paletó azul de sarja, sem mangas e com gola vermelha, cinto branco, casaco fino de algodão e gorro. Cada um trazia, dependurada no pescoço, a medalha com o selo da Companhia.

Vestidos com decoro, como se fossem pajens, os adolescentes enfileiravam-se atrás dos adultos. Em torno daquele estranho exército, no qual pés grandes, de dedos abertos e sujos, contrastavam com o esmero das roupas, amontoavam-se crianças em trajes domingueiros, o ranho a escorrer pelas narinas dilatadas, os olhos redondos espantados, como se tentassem compreender a insólita cerimônia.

Ao lado de mister Smart, mister Smyth, chefe dos departamentos, exibia botas de cano alto, terno de linho branco, largo chapéu de palha. Trazia em mãos a lista dos mineradores. Mister Smyth cumprimentava os feitores e assumia seu posto no grande estrado. Fazia a chamada:
– Ermelo?
– Presente!
– Cristóvão?
– Presente!...
Primeiro os homens, depois as mulheres. Ao final, lia os nomes dos recém-chegados.
Antenor Arienim ficou impressionado ao vê-lo, numa manhã de domingo, chamar por um tal Moçambo. Ninguém respondeu.
– Mo-çam-bo! – gritou de novo.
Silêncio. Apontou para os primeiros à sua frente.
– Seu nome?
– Pedro.
– E o seu?
– Cândido.
– E você?
O homem manteve-se calado e afastou os olhos imensos, duas ameixas boiando sobre o fundo amarelado. Mister Smyth fez sinal para o feitor, que ergueu o bastão e acertou-o duro nas costas do escravo, arrancando um gemido lânguido. O feitor gritou:
– Nome?
– Moçambo.

– Então responda – ordenou.

– Presente!

Terminada a chamada, mister Smart avançou em direção aos escravos. A seu lado, mister Smyth apressou-se em cercar cada homem, examinando-os meticulosamente: dentes, bochechas, olhos, respiração. Finda a inspeção, dirigiram-se ao alpendre da casa-grande, onde o pagamento da quinzena se espalhava sobre uma comprida mesa. Moças e rapazes eram pagos em dinheiro. Aqueles que trabalhavam nos pilões recebiam de seis a oito cobres. Os carregadores de pedras, doze. Alguns chegavam a ganhar de dezesseis a vinte em pagamento das horas extras. E cada um levava a sua libra de sabão. Como os europeus recebiam em libras esterlinas, seus salários eram quitados a cada dois meses.

Bolsos guarnecidos, todos se encaminhavam à igreja para nutrir a alma. Os ingleses, à capela anglicana, despojada, ladeada por vitrais recortados em cenas bíblicas. Os demais, à católica. Esta tinha paramentos de seda e as paredes cobertas de baetas, dísticos piedosos, epigramas nobres.

Finda a missa, os adultos se dedicavam à limpeza das casas, ao cuidado da horta, e as crianças davam comida a galinhas e porcos. De tarde, enquanto as mulheres lavavam roupas, os maridos buscavam água no córrego e cortavam lenha.

À noite, da mesa de pôquer da casa-grande, os diretores da mina escutavam o canto triste dos escravos, acompanhado pelo batuque lento e forte. Lá fora, na fila disforme, pendiam os corpos no compasso bêbado, todos revestidos de roupas coloridas, esvoaçantes, conforme o figurino congolês da Casa da

Água Rosada – camisas de seda, calças de cetim acinturadas pela faixa de penas de aves e, sobre a cabeça, o cocar de penas multicores. Nas mãos, balouçavam espadas e escudos feitos de material precário.

O rei trazia o cedro, um alto bastão em madeira de lei. Era um rapaz com barba branca em fios de algodão, o cabelo tingido de farinha de trigo, a voz rabugenta, os passos incertos de um "nego véio". À sua direita, o capitão de guerra e, à esquerda, o príncipe herdeiro. A corte de Daomé não estaria completa sem a presença do bobo, a quem todos davam bofetões e pontapés, fazendo-o rodopiar exageradamente de um lado a outro. O nostálgico ritual rememorava a corte africana.

Do alpendre, os ingleses observavam altivos.

– Eles se preparam para enfrentar uma caçada de escravos – explicou Antenor Arienim à namorada.

Os negros imitavam as correrias pelas matas, as lutas de espadas, a morte de ministros e guerreiros, enquanto o rei dava bastonadas nos covardes; alguns fingiam tomar veneno; era preferível morrer a cair nas mãos dos brancos. O canto, um recitar monótono, mesclava expressões africanas ao vocabulário brasileiro. O refrão enfatizava a ânsia de matar o inimigo e beber-lhe o sangue.

– Vamos espremer as tripas daquele senhor gordo – gritou um dos guerreiros ao apontar para mister Smart.

Susan ficou lívida e, pela primeira vez, apertou em público a mão do namorado. Olhou em volta; viu que os diretores da mina não tinham sequer um músculo do rosto contraído.

Ao se aproximarem do alpendre, os escravos recolheram os cobres atirados pelos patrões e partiram com a congada para outros sítios.

X

Ao ingressar na sala, após o desjejum, mister Smart apresentou a Antenor Arienim o novo hóspede da mina de Morro Velho: Richard Burton, cujo rosto estampava uma acentuada cicatriz. Frisou que ele traduzira para o inglês o *Kama Sutra*, *As mil e uma noites*, e também *Os lusíadas*, de Camões. Trocadas as saudações, o visitante reparou na pequena caixa de música, de tampa esmaltada, sobre o console da sala. Mister Smart adiantou-se à sua indagação:

– Pertence à minha filha. Toca oito melodias.

Burton tomou-a em mãos e virou-a para examinar a marca: *Nicole Frères – Genève – London*.

Antenor Arienim mantinha-se atento ao homem de barba espessa e olhos de tigre. Percebeu exalar dele um bafo etílico e observou-o apalpar o console. Como todos os móveis da sala, era de caviúna vermelha. Em seguida, Burton reparou em volta: rasgadas para o jardim, janelas de pinho-de-riga e portas de sucupira. Sobre a mesa central de jacarandá, louças de Limoges e porcelana inglesa em tons branco e azul. Nas paredes, porcelana chinesa pintada a bico de pena. Tudo ali realçava o requinte: prataria, damascos, sedas e rendas.

O visitante acercou-se da porta, onde Antenor Arienim o esperava dependurado num cachimbo de fumo adocicado. Estendeu o olhar altivo para os escravos que ocupavam a varanda, prontos a receber ordens. Pôs o dedo em riste:

— Quer saber de uma coisa, Arienim? O negro é e será sempre uma raça inferior.

O anfitrião, constrangido, estranhou a própria reação. No fundo, concordava com Burton, malgrado sua pele amorenada e os cabelos encarapinhados. Mas ali estavam homens que ele tratava pelo nome, conhecia-lhes mulheres e filhos e, sobretudo, seu coração parecia trair a cabeça ao nutrir um sentimento de gratidão pelo modo como aquela gente o servia sem jamais se queixar.

— Ora, mister Burton — retrucou Antenor Arienim —, nós brasileiros temos com os africanos uma dívida impagável. São deles os braços que produziram as riquezas deste país. Como se haveria de mover os engenhos e extrair do ventre da terra o precioso minério sem o concurso dos negros? O senhor ignora a força e a inteligência de que são dotados. Eles expulsaram os celtas de Santo Domingo e os saxões da Jamaica. E, nesta mina, são inventados por eles os métodos mais eficientes para extrair o minério.

Burton pareceu não ouvir:

— Admito que negro importado, cativo, proscrito, criminoso vindo da África, melhorou muito ao atravessar o mar e deu sua contribuição ao Brasil. Contudo, estou seguro de que a abolição significará a extinção da raça. Em terras já ocupadas por um sangue superior, os africanos não suportam a liberdade. Como certos pássaros, morrem ao deixar a gaiola.

– Temo que seja o contrário, mister Burton. Nós, que não nascemos escravos, é que não suportaríamos viver sem o trabalho dessa gente. Deus inventou a liberdade; o diabo, a gaiola.

XI

Antenor Arienim convidou o novo hóspede a uma caminhada:

– Aqui, meu amigo – disse a Burton –, deve-se esticar as pernas todos os dias. No Brasil, a consequência da inércia é a doença do fígado.

– Quem dera que meus patrícios lhe dessem ouvidos! No entanto, como são indolentes! A energia que lhes sobra para encher os bolsos falta quando se trata de inflar os pulmões. Detestam qualquer mudança de hábito, por mínima que seja, como o inglês velho repudia um novo ponto de vista sobre a questão. Aliás – acrescentou Burton –, um inglês só admite que outro tenha razão quando se trata de ser salvo de naufrágio. E assim mesmo quando a água roça-lhe o cavanhaque.

Burton percorreu os olhos sobre o casario dos escravos, todo caiado de branco, e comentou:

– Apesar de não haver aqui chaminés cuspindo fuligem, como em Manchester, a depressão na qual vive essa gente impede a livre circulação do ar. O sol queima de dia, as noites resfriam-se repentinamente, deixando em nós, europeus, a impressão de que, aqui, as quatro estações se sucedem em menos de vinte e quatro horas.

– O senhor tem razão – admitiu Antenor Arienim, descansando a boca do cachimbo –, o clima é agradável, mas as mudanças são bruscas.

XII

Foram em visita às oficinas na manhã seguinte. No Arco do Hindustão, uma escrava separava a penugem das ramas de algodão. Descaroçava-as até deixar as fibras bem limpas. Os bilros arrancavam-lhe as sementes pretas.

Lady Anne trouxera de Londres a máquina – uma roda hidráulica, manobrada através de polias e faixas, com oito jogos de cilindros, cada um dirigido por uma escrava –, graças à qual duas mãos faziam o trabalho de oito. Limpava quarenta e oito quilos de algodão por dia.

Antenor Arienim conduziu Richard Burton ao longo do Rego dos Cristais. Subiram ofegantes o Morro do Depósito, até a encosta na qual se erguia a Aldeia do Retiro – uma fileira de casas iguais, cercadas de canteiros com flores e verduras. Pouco adiante, atravessaram o portão e chegaram ao rego, em cuja margem mister Smart mandara abrir um confortável caminho. Alguns jovens escravos banhavam-se na água muito limpa, lavada pelos seixos que ondulavam a correnteza. Abaixo, aquela mesma água movia enormes rodas hidráulicas, levantava o minério, lavava-o e depositava o refugo junto ao Portão da Praia, através de canais.

— De vez em quando — contou Antenor Arienim — as cheias do fim do ano fazem as águas subirem até as barracas dos trabalhadores, o que provoca inundações e desabamentos.

Na volta do passeio, Susan se juntou a eles e convidou Burton a conhecer a capela protestante. No caminho, Antenor Arienim mostrou ao hóspede o mapa que a família herdara, em tempos idos, de um marujo inglês assassinado no cais de Salvador. Burton examinou-o cuidadosamente e manifestou interesse em adquiri-lo para acrescentá-lo à coleção de objetos exóticos que mantinha em sua casa na Inglaterra. Pediu que Antenor Arienim lhe desse preço. Este voltou a guardá-lo no cartucho de couro sob promessa de pensar na proposta.

Depararam-se com o padre Tregeagh empenhado em consertar uma janela entortada pelo vento. Apontando para o casal, o visitante praguejou:

— Essas almas lhe pesam na consciência, padre?

O sacerdote deu um sorriso alvo, enigmático, como se fosse aplicado seminarista, e lamentou:

— Quando muito, nas festas litúrgicas reunimos aqui no templo cerca de cem almas. Mas não me iludo. Creio que perderam o gosto por minhas preces. Os ingleses têm mais devoção à realeza que à divindade.

XIII

Burton aceitou o convite para, no domingo, participar dos ofícios litúrgicos. Na capela anglicana, os mecânicos ocupavam os bancos da direita; os mineiros, os da esquerda. Todos cantavam salmos e hinos.

– O protestantismo é a mais culpada das religiões – sussurrou Burton no ouvido de Antenor Arienim –, repare como essa gente tem medo de Deus.

Pouco depois, foram ao outro lado do ribeirão da Boa Vista, onde oficiava o padre Francisco Petraglia, garibaldino convicto. A missa era às dez e meia da manhã, mas uma hora antes já havia aglomeração em torno da capela, a maioria escravos. Alguns chegavam a cavalo, outros acompanhados de suas famílias, todos em trajes domingueiros.

Os ornamentos eram velhos e gastos. O ostensório, uma caixa de relógio circundada por raios metálicos. Todos em Morro Velho gostavam do padre, exceto alguns anglicanos mais ortodoxos, inconformados com o fato dele parecer mais piedoso que seu colega inglês.

Padre Petraglia aproveitava que o pagamento fora feito pouco antes e exortava a comunidade a colaborar na coleta para a compra de velas e outros materiais litúrgicos. Diante do altar havia uma mesa, sobre a qual, junto ao São Sebastião de porcelana branca, crivado de setas, erguia-se uma pilha de moedas de cobre. O sacristão, calvíssimo, fiscalizava com olhos atentos cada donativo, censurando os que davam com parcimônia ou se recusavam a participar:

– Quem não empresta a Deus, paga ao diabo – sussurrava junto aos renitentes.

Encerrada a coleta, todos tomavam lugares – os brancos à frente, os negros atrás, os homens em pé, as mulheres sentadas no chão. Não havia um único banco. Lírios enfeitavam o templo. Os cânticos eram mais animados do que na igreja rival e o sermão tão breve quanto a própria liturgia, pois o celebrante desaprendera o italiano e não dominava bem o português.

À saída da missa, Antenor Arienim convidou padre Petraglia a acompanhá-los. Comentou enquanto caminhavam:

– O avô de meu avô nasceu nessas terras quando ainda nem se chamavam Minas Gerais dos Cataguases. Era um sertão bravo, povoado pelos índios tupinaquis, junto ao rio das Velhas, e pelos carijós, que haviam subido o vale do rio Paraibuna, espalhando-se pelo mesmo percurso que liga a capital do Império a esta mina. Havia também aimorés e botocudos, embrenhados à beira dos rios Mucuri e Doce, e na Serra das Esmeraldas que, aliás, ninguém nunca soube onde fica e, não duvido nada, vai ver só tem cascalhos. Havia índios em todos os quadrantes. A Capitania era pequena para tantas tribos.

– O que seu antepassado fazia nessas paragens? – indagou Burton.

– Buscava pedras preciosas, e nisso diferia daqueles que vieram de São Paulo movidos por um único objetivo: caçar índios, aprisioná-los e vendê-los como escravos.

Padre Petraglia interveio:

– Sim, mas sabemos por fontes fidedignas que, em fins do século dezoito, havia em Minas mais de trinta mil índios domesticados. Todos cristãos.

– Cristãos?! – exclamou Richard Burton.

O sacerdote virou-se constrangido, os dedos gorduchos apertando a medalhinha de Nossa Senhora do Ó que trazia presa ao cinturão da batina:

– Sim, cristãos; como hoje se faz com os negros, os índios humanizados eram induzidos à prática cristã pela frequência à missa e devoção aos santos.

Richard Burton não resistiu:

– Padre, a Igreja faz a apologia da família e o senhor é versado em latim. Então, diga-me, de onde vem o termo família?

O sacerdote enrubesceu, sem que se pudesse saber se por ignorância ou escrúpulo:

– Não respondo a provocações – reagiu.

– Você sabe, Arienim? – indagou Burton e emendou a resposta: – Vem de *famulus*, que significa escravo doméstico.

Burton deu uma sonora gargalhada e virou-se para o sacerdote:

– Ora, padre, essa gentinha nunca foi cristã. Chamar índio e negro de cristão é desmerecer a tradição da Igreja, tão rica em artes e cultura. Como pode um selvagem penetrar o mistério da Santíssima Trindade? E um africano, seria capaz de entender o que são virtudes teologais? O senhor já imaginou o que se passa na cabeça de um escravo ao ouvir no sermão da missa que os cristãos devem amar o próximo como a si mesmos e lembrar dos sofrimentos que nós, cristãos, infligimos à sua raça? Coloque-se no lugar deles, padre. O senhor acreditaria no Deus dos brancos ao ver um feitor violar sua filha e, no domingo seguinte, comungar na igreja com a cara mais angelical do mundo?

– Ora, mister Burton – reagiu o sacerdote indignado –, vocês protestantes ingleses são absolutistas, confundem o rei com Deus e jamais compreenderão o espírito de caridade que permite congregar, na mesma Igreja, senhores e escravos – disse ao se despedir sob o pretexto de levar os santos sacramentos a uma velha moribunda.

Temia que seus conhecimentos de latim fossem novamente postos à prova.

XIV

No fim da tarde, Antenor Arienim e Burton esvaziavam uma garrafa de uísque quando mister Smart entrou preocupado; andava apressado de um lado ao outro da sala. O gerente da mina, mister Smyth, acabava de relatar-lhe que um escravo esfaqueara um feitor inglês pelas costas.

– Creio que só há um meio de evitar que os nossos homens corram riscos – sugeriu Burton –, promover negros a feitores de negros.

Mister Smyth encarou-o entusiasmado:

– Mister Burton, os ingleses, quando vão à Índia, deixam a consciência no Cabo da Boa Esperança e se esquecem de apanhá-la ao regressarem. Diante de sua brilhante ideia, fico a me perguntar onde guardamos aquela incômoda bagagem quando viemos para o Brasil...

Mister Smart sorriu caviloso e se serviu de uma dose de uísque para erguer um brinde.

XV

Conduzidos por mister Smyth, Richard Burton e Antenor Arienim desceram ao ventre da mina. Todos vestiam calça e paletó cinza, chapéu de zinco e, à mão, velas espetadas em argila. Numa caçamba foram levados ao fundo. Tragados pela boca do inferno, de todos os lados vinham ruídos estranhos, estalidos de madeira, como se as construções cedessem ao peso do morro; a rarefação do ar os sufocava, o calor oprimia, o suor empapava as vestes. Pararam a quatrocentos metros de profundidade. Dali, desceram por escadas. Grudaram terra argilosa no chapéu para fixar as velas, de modo a ter as mãos livres e luz sobre os olhos.

Travessões de madeira sustentavam as abóbadas da mina. O minério subia à superfície em baldes suspensos numa complexa engrenagem de correias, correntes, argolas, varais e rodas, que produzia forte ruído, semelhante ao da locomotiva estacionando seus vagões. Entre dois mil operários escravos, contavam-se alguns chineses.

Desceram uma escada até atingirem a plataforma. Havia ali duas rodas metálicas. Uma trazia à superfície os vagonetes que recolhiam o minério no fundo da mina. A outra aspirava, por meio de uma bomba, a água usada nos trabalhos, despejando-a na ravina cortada por um ribeirão.

Antenor Arienim notou que Richard Burton e mister Smyth suavam tanto quanto ele. O calor beirava os cinquenta graus. Os trabalhadores em volta pareciam se liquefazer. O dorso nu dos escravos banhados de suor refletia o tremular das chamas das velas. O feitor gritava ordens aos que entravam e saíam dos vagonetes. A escassez de oxigênio e a poeira intensa tornavam o ambiente mais opressivo. Burton queixou-se de dor de cabeça; suas têmporas latejavam, os olhos rubros ardiam. Súbito, um escravo atirou-se no chão, tomado por uma agitação convulsiva:

– Ele sofre de câimbra – murmurou o feitor constrangido, enquanto arrancava do bolso uma pequena garrafa, embebia o lenço com um líquido branco e, com a ajuda de outros escravos, segurava a cabeça da vítima para obrigá-la a aspirar até desfalecer.

Abaixo, mineiros quebravam pedras e atiravam os cascalhos num funil que os fazia escorregar até o alcance dos pilões. Esses eram movidos por uma imensa roda, cuja engrenagem movimentava dois eixos guarnecidos de tampões de ferro. Os eixos erguiam e abaixavam os pilões que esfarelavam as pedras impregnadas de ouro. Um repuxo d'água lambia os farelos e os depositava nas mesas de lavagem, recobertas por grossos tecidos. A água escorria suave pelas mesas inclinadas e levava consigo a terra, mais leve que os metais. O material pesado quedava sobre o tecido – chumbo, prata e ouro. Levado às casas de fundição, transformava-se o ouro em barras. Um quinto se reservava ao imposto da Coroa, pago após a habitual sonegação.

XVI

No dia seguinte ao casamento de Susan Smart e Antenor Arienim, mister Smart convocou a direção da mina para comunicar que a Companhia lograra obter do governo imperial uma redução de cinquenta por cento nos impostos e sua receita quintuplicara em relação à despesa. Agora, apenas cinco por cento do faturamento iria para o erário público. E recebera a promessa de que, em breve, a cada ano os tributos seriam reduzidos em um por cento. Não tardaria a Saint John del Rey obter isenção *ad perpetuam*.

XVII

Do casamento de Susan Smart com Antenor Arienim nasceram seis filhos.
    O mais jovem, Walter Arienim, é meu pai.

APONTAMENTO DOZE

BURTON

Walter Arienim suspirava enternecido, sem fazer caso de minha mãe Alfonsina. Homem de língua presa ao sentimento, tinha o verbo solto aos predicados femininos. Não podia ver um rabo de saia sem ferir os ouvidos delicados da mulher. Deliciava-se em qualificar nádegas e seios. Em sua geometria anatômica, dividia o traseiro em rombundas, descarnadas, glúteas e assanhadas. Considerava equinos os seios arrebitados; suínos, os caídos; vaquinos, os fartos; e ratinos, os miúdos. Alvoroçava quando naufragado em encantos.

– Elizabeth Taylor é a mais bela mulher do mundo – exclamava.

Foi o que seus olhos descobriram no filme *A árvore da vida*, dirigido por Edward Dimytryk.

Minha mãe fazia-se de surda e não lhe punha reparo às palavras. Mulher de prazeres miúdos, acelerava o balé das agulhas de crochê em suas mãos ou prosseguia silente no corte milimétrico da couve. Escutava sem deixar as alfinetadas penetrar a carne, abrir a ferida da mágoa e fazer a dor pingar sangue.

– Nunca se me apagam da mente as longas mechas pretas caídas sobre os ombros alvos de Liz Taylor – rosnava ele –, o espartilho apertado afinando a cintura sob os seios fartos; os olhos azuis sombreados de preto; a boca, peixe dourado fisgado do aquário por um beijo.

– Ah, como são gulosos os homens! – queixava-se minha mãe em voz contida.

– Quantos não dariam a vida para estar no lugar de Montgomery Cliff! – repetia ele.

Furibundo com o descaso de Alfonsina, que preferia manter nariz e agulhas empinados a oferecer-lhe a amargura de sua humilhação, ele bradava, assustando as galinhas que, à porta da cozinha, bicavam migalhas:

– Não se exponha ao ridículo! Atriz não se apalpa. É beleza irreal, dessas que a mente cria em traços voláteis. Não cabem ciúmes de sombras, ainda que coloridas. É como medo de dragões. Fantasmas existem, porque os mortos são aturdidos. Tardam a se conformar. Recusam o sono, a passagem, o cheiro de vela, a escuridão da terra. Penam em desabrigo. Dragão não, é coisa de criança, sonho da imaginação. Assim como beleza de atriz é doce suspiro da alma.

E mais dizia, mesmo porque, aposentado precocemente do funcionalismo público, devido à fraqueza do coração, não lhe restavam muitas ocupações senão o cinema, o milho das galinhas e o prazer de me contar e recontar a saga dos Arienim e a estranha história de um pedaço de mapa vendido a um aventureiro inglês por meu avô e que continha indícios de um tesouro. E, é claro, o exercício cotidiano de testar a assombrosa e inesgotável paciência de minha mãe.

– Toda mulher sabe de si e, por isso, tenta parecer mais bela do que é – retrucava Alfonsina no intento de refrear o entusiasmo de meu pai.

Não por ciúmes, predicado que perdera havia anos, levada a escolher entre assegurar seu amor-próprio e ficar sem marido ou prosseguir casada e suportar-lhe os arroubos. Preocupava-a o coração de Walter, ávido de fantasias e frágil de válvulas.

— Tive também meus enlevos por Rodolfo Valentino, que nunca soube da minha existência — confessava ela com o cuidado de manter a voz abaixo da capacidade de audição de meu pai.

Os suspiros de Walter Arienim por Elizabeth Taylor eram como quem se esvai em ânsias de gozo. Na cozinha, à hora antecedida do jantar, Alfonsina exibia a faca da carne à mão, as lágrimas derramadas por cebolas, os dedos queimados de alho, e ele ali, após ver o filme pela enésima vez, colado ao fogão de lenha, levava à boca o café fumegando na caneca e acalentava emoções:

— Ah, como ela estava esplendorosa à beira do rio! O vestido escarlate sobre calças compridas...

— Não é vestido, é maiô à moda antiga — reparava minha mãe.

Meu pai sentia-se ofendido por Elizabeth Taylor não ter conquistado o seu primeiro Oscar com aquele filme.

II

Na opinião de parentes e amigos, meu pai mereceu morrer daquele jeito: de infarto, dentro do Cine Brasil, no centro de Belo Horizonte, quando assistia a mais um filme estrelado por Elizabeth Taylor. Alfonsina derramou-lhe lágrimas sinceras; mas, se de um olho jorravam sentimentos de perda, de outro se liquefazia o peso suportado tantos anos, dando lugar a uma profunda e inconfessável sensação de alívio.

— A vida é feita de coincidências, ainda quando aparentam incidências — repetia às amigas que vinham consolá-la e deixavam escapar, admiradas, como meu pai era fã de Elizabeth Taylor!

Só faltavam dizer que ele merecia ter morrido nos braços de sua musa preferida.

A viúva não se fazia de rogada. Como se a morte do marido lhe houvesse exacerbado a sabedoria, filosofava:

— Na vida se entra por uma única porta. Saídas, há muitas. Umas de passos lentos, doridos; outras de emergência. Ele se foi inesperado.

III

Chovia torrencialmente em Paris, onde eu, repórter investigativo, procurava identificar pistas europeias do contrabando de ouro extraído de Serra Pelada, no Brasil. O telefone tocou ao lado de minha cama no pequeno Hotel Delacroix, em Montparnasse:

— Guto, vamos mudar a sua pauta — advertiu-me o editor-chefe falando de Belo Horizonte.

Não era a primeira vez que, surpreendido no meio do caminho, me obrigavam a abandonar o previsto; nunca me acostumara aos caprichos de meu chefe. Editor da única revista latino-americana especializada em mercado de ouro, sabia atrair o público leitor avesso à linguagem técnica de Bolsas e garimpos por reservar as últimas páginas à seção de variedades; ali predominava todo tipo de diz que diz do vespeiro de intrigas e maledicências correntes entre homens e mulheres de negócios. Os mais vaidosos pagavam para figurar na coluna social duas ou três vezes ao mês, "espaçada e discretamente", como dizia o patrão, para não parecer publicidade. Dedicavam-se umas tantas páginas ao mundo do cinema e ao *show business*. Assim, a *Golden Press* penetrava com mais facilidade entre investidores em potencial e os familiarizava com a Bolsa Mercantil de Futuro, especializada em ouro, da qual a revista atuava como órgão oficioso.

– Por que mudar a pauta? Logo agora, que me aproximo de uma pista quente? – protestei do outro lado da linha.

De fato, eu aproveitava a estada em Paris para rever Marcelle e Van Gogh. Os dois dividiam-me a paixão, sem falar de Liz Taylor, *hors concours*, herança dileta de meu pai. Pelas manhãs, enquanto Marcelle frequentava a escola de Belas Artes, eu prosseguia minhas pesquisas sobre a vida e a obra de Van Gogh. Acalentava o projeto de escrever um pequeno ensaio a respeito da relação entre loucura, deformidade de traços e policromia das telas do pintor holandês. As pistas do contrabando, que me ocupavam na parte da tarde, me interessavam pouco, o suficiente para justificar o emprego e a viagem à Europa. Qualquer mudança de pauta àquela altura viria interromper um momento pessoal muito criativo. E amoroso.

Nada mais sedutor que ouvir o sotaque alsaciano de Marcelle sussurrando-me *je t'aime*, que eu captava num misto de "eu te amo" e "eu te temo", enquanto nossos corpos se entrelaçavam na cama. Pode-se amar em todas as línguas e com todas as línguas, mas nada se compara ao francês. É como se este idioma tivesse sido criado na alcova por alguém envolto em delírios e paixões. O alemão é marcial; o inglês, comercial; o italiano, emotivo, próprio a discussões entre quem diverge sem se odiar; o espanhol, literário; o português do Brasil, indolente, nostalgicamente musical, adequado a quem prefere um bom papo às agruras do trabalho. O francês, porém, é coloquial, perfumado, aveludado como no lamento enamorado de Aznavour ou no coração incendiado de Piaf. Na língua de Rimbaud, a força poética combina-se com uma intraduzível ponta de ironia. Pronunciada pelos lábios finos de uma ninfeta de olhos verdes e cabelos curtos tingidos pelo sol, como Marcelle, inebriava os ouvidos e embriagava o coração.

Somava-se o prazer de me encontrar em Paris e poder sentar nas cadeiras de vime do café Les Deux Magots, na Place Saint Germain des Prés, e pedir uma taça de *kir au Chablis St. Jean* acompanhada de *millefeuille de tomates et chèvre frais*; e, dali, ficar a observar o mundo desfilar diante de meus olhos. Ou percorrer os museus, permanecer horas a perambular pelo Quai D'Orsay. Ou mesmo apreciar as obras de Picasso no acervo exposto do Hôtel Salé.

– Você vai para Budapeste – gritou o editor.

– *Bundapeste?* – ecoei. – O que fazer ali? – retruquei incomodado.

— Vai ao aniversário de Elizabeth Taylor. Ela completa quarenta anos.

Supus que não falava a sério, pois conhecia minha veneração pela atriz e sabia que eu vira todos os seus filmes e, graças a meu pai, colecionava tudo que se referia a ela e me caía em mãos. Em Belo Horizonte, no bar da Gruta Metrópole, próximo à redação, eu lhe confidenciara todos os delírios, sonhos e pesadelos que tivera com Liz Taylor.

— Por acaso não seria Hollywood? Não se equivoca de cidade?

— É Budapeste mesmo, cara. O Richard Burton anda filmando lá com Edward Dmytryk. Temos a informação de que ele dará a ela um presente de milhões de dólares diante de uma plateia muito selecionada de convidados — disse o editor.

— Enfim, chegou a oportunidade de ver sua paixão cara a cara.

— E Serra Pelada? E o contrabando de ouro?

— Essa pauta não é prioritária — afirmou e desligou.

Fiquei em dúvida se ele falava a sério ou debochava. O telefone não tinha tela, não podia ver-lhe a cara, aquela cara morena, bem esculpida, parecida à de um índio. Suas palavras nunca traíam seus sentimentos, o que dificultava perscrutar-lhe.

Como fã devotado, eu acalentava o sonho de conhecer pessoalmente Elizabeth Taylor. Seria um tributo à memória de Walter Arienim. Sobre ela, lera tudo que meu pai colecionara, de ensaios sobre seus filmes aos picantes mexericos das revistas de variedades.

No dia seguinte, sob os protestos de Marcelle, e sentindo mais frio do que fazia em Paris, embarquei no aeroporto Charles De Gaulle rumo à capital húngara.

IV

Para um país comunista, até que os apartamentos do Hotel Intercontinental, no centro de Budapeste, eram bastante confortáveis. Não tardei a descobrir que húngaros e americanos já andavam de namoro, metidos em negócios comuns, como aquele hotel, o que me suscitou dúvidas quanto à consistência do regime socialista. Meu faro investigativo logo detectou que o Intercontinental e o Hilton eram pratos cheios para as operações da CIA; todos os hóspedes justificavam a permanente vigilância do olho espião. Ainda que não tivesse o controle da alfândega húngara, bastava à CIA dispor da relação de hóspedes dos hotéis para saber quem transitava por aquela área comunista.

Apesar do cansaço da viagem, não consegui dormir na primeira noite, emocionado pelo fato de me encontrar no mesmo prédio de Liz Taylor. Quando iria vê-la?

Na manhã seguinte, após o café, postei-me numa poltrona do saguão de entrada; abri a *Newsweek,* que a ansiedade não me permitia ler, e fiquei à espera dela passar. Hora e meia depois, vi Richard Burton sair do elevador desacompanhado. Achei-o um pouco mais gordo do que nas fotos; os cabelos molhados prenunciavam a calvície que ele procurava disfarçar no modo de penteá-los. Os olhos, porém, eram singularmente azul-esverdeados.

Aproximei-me da recepção e fingi observar os cartões-postais expostos num gradeado giratório, para escutar o que Burton dizia ao gerente. O ator ditou o texto de um telegrama e pediu que o mesmo fosse enviado à lista de convidados deixada sobre o balcão:

ADORARÍAMOS QUE VOCÊ VIESSE A BUDAPESTE COMO NOSSO CONVIDADO NO FIM DE SEMANA DE 26 e 27 DE FEVEREIRO PARA AJUDAR-ME A COMEMORAR MEU 40º ANIVERSARIO PT O HOTEL É O HILTON, MAS HÁ ALGUNS LOCAIS DIVERTIDOS PARA SE IR PT TRAGA CALÇAS COMPRIDAS PARA SÁBADO À NOITE EM ALGUMA ADEGA ESCURA E ALGO ALEGRE E BONITO PARA DOMINGO À NOITE PT ÓCULOS ESCUROS PARA CANSATIVOS INTERVALOS PT MUITO CARINHO DE ELIZABETH E RICHARD PT
PS: SERÁ QUE VOCÊ PODERIA RSVP ASSIM QUE POSSÍVEL PARA HOTEL INTERCONTINENTAL PARA QUE EU SAIBA QUANTOS QUARTOS RESERVAR?

V

À noite, conheci no bar do hotel o fotógrafo Norman Parkinson. Enquanto esvaziávamos uma garrafa de uísque, Parkinson contou-me que Burton morria de ciúmes dele porque a atriz o admirava como profissional. Em suas fotos, ele sempre conseguira que Liz parecesse mais magra do que realmente era. Como nenhuma mulher, por mais bela que seja, enxerga a perfeição no próprio corpo, a dificuldade dela era com a saliência do queixo, de fato pequena, mas o suficiente para não admitir que fosse filmada ou fotografada de perfil, exceto quando surpreendida por algum *paparazzo*.

– Por que Burton transferiu a festa para o Hilton? – perguntei.

– Porque aqui no Intercontinental se encontra toda a equipe de *O Barba-Azul*, do qual Burton é o principal ator, e Elizabeth não quer ver a cara das oito atrizes principais que contracenam com ele.

– Virá muita gente?

– Calculo umas duzentas pessoas, o bastante para deixar o queixo de nossa amiga mais saliente – disse ele. – Burton queria acrescentar ao telegrama-convite o pedido de "nenhum presente", mas Liz protestou: "Como nenhum presente, se convidamos Bulgari, o joalheiro?"

Na manhã seguinte, transferi-me para o Hilton. Ocupei um apartamento com vista para o Danúbio. Norman Parkinson assegurou-me a entrada na tão esperada festa.

Um enxame de jornalistas e fotógrafos, vindos de todo o mundo, aterrissou no Hilton de olho nos convidados. Stephen Spender, Susannah York e Michael Caine – exibindo a tiracolo uma bonita asiática – chegaram na véspera do aniversário. Burton passou o dia treinando os funcionários do hotel no modo de tratarem as celebridades. Lembrava um diretor de teatro ensaiando atores inexperientes. Ordenou que se instalasse um bar em cada apartamento, como se todos bebessem como ele. David Niven, com seu prosaico bigodinho, recusou-se a dar entrevistas; demonstrava no contato pessoal uma antipatia que não aparece nas telas. Ringo Starr quase provoca uma nova invasão dos tanques soviéticos na Hungria, devido à grande mobilização de jovens em torno de sua chegada. Centenas se mantiveram em constante vigília junto ao hotel enquanto o ex-baterista dos Beatles permaneceu na cidade. Contudo, a presença mais notável foi a da ex-atriz e então princesa de Mônaco, Grace Kelly, impecavelmente linda.

VI

No sábado pela manhã, os parentes galeses de Richard Burton, sob a batuta do ator Victor Spinetti, acordaram todos com cantos folclóricos. O café da manhã foi substituído por um coquetel. Talvez Burton imaginasse que os convidados, ao despertar, preferissem, como ele, uma boa dose de vodca a um copo de leite.

À noite, no salão do hotel, ganhei meu melhor presente: vi Elizabeth Taylor em carne e osso. Ou melhor, olhos e busto. No colo, o presente que Richard Burton lhe dera, o diamante *Belo horizonte*, extraído do Brasil no século XVIII. Pela preciosidade, o ator pagara quarenta milhões de dólares. Sobre a cabeça de Liz, a tiara em ouro e prata, laqueada em marfim, toda cravejada de brilhantes e esmeraldas. Segundo a lenda, pertencera à Salomé, rainha do Egito. Burton a comprara de um colecionador russo radicado em Paris, bisneto de Catarina, a Grande.

O único incidente desagradável consistiu no breve bate-boca entre o escritor Alan Williams e Liz Taylor. Ele escrevera sobre a revolução húngara e, diante de um comentário pouco simpático da atriz a respeito da Hungria contemporânea, reagiu como se tivesse sido delegado pelo Comitê Central para impedir que a imagem do país fosse maculada. Burton irritou-se e pediu a Bob Wilson, seu camareiro, que o colocasse para fora. Humilhado, Williams remeteu à imprensa londrina um comentário desairoso sobre a festa; descreveu a aniversariante como "um bonito pãozinho doce coberto de diamantes e cosméticos".

No dia seguinte, vi-o caminhando cabisbaixo às margens do Danúbio.

VII

Raquel Welch, uma das oito mulheres de *O Barba-Azul*, ignorou o veto de Liz Taylor e compareceu à festa. Vestia um colante vermelho muito curto, o que tornava mais provocativa a exuberância de suas formas. Logrou também furar o cerco a atriz Marie Lou Tolo. Liz, entretida todo o tempo com a companhia de Grace Kelly, parecia ignorar as duas. Norman Parkinson comentou que Francis Warner convidara Burton para lecionar literatura em Oxford, como membro honorário da universidade. Era a única grande ambição que o ator realmente almejava.

Frente aos protestos da imprensa húngara, que considerara o aniversário "um fausto típico da decadência burguesa", Burton decidiu que remeteria "a uma boa causa" o equivalente ao que gastara na recepção. Cinco meses depois ele entregou em mãos de Peter Ustinov, embaixador especial do UNICEF, um cheque de quarenta e cinco mil dólares. Uma bagatela, talvez o equivalente ao preço dos vinhos consumidos na festa.

VIII

Após vinte e quatro horas de espera, consegui falar com a redação em Belo Horizonte:

— Bela matéria, Guto! — exclamou o editor ao confirmar ter recebido o telex.

— Mas de onde Richard Burton tirou quarenta milhões de dólares? — repeti a ele a pergunta que fazia a mim mesmo.

— Vá para Londres e levante a procedência do dinheiro. Calcule tudo que Burton possa ter amealhado em seus anos de carreira. Pelos meus cálculos preliminares, nenhum de seus filmes rendeu tanto.

IX

A caminho de Londres, fiz escala em Paris para rever Marcelle e apanhar, nos laboratórios da Rodhia, o resultado do estudo químico que mandara fazer do trigo de Arles, para apurar como Van Gogh conseguira os tons dourados de *As flores do sol*. Enquanto Marcelle rodopiava impetuosa sobre meu corpo, minha cabeça girava como periscópio auscultando a direção a tomar. O contrabando de ouro já não me preocupava. Havia indícios de ser patrocinado pelos próprios generais da ditadura brasileira, que controlavam o garimpo de Serra Pelada e faziam do Uruguai, cujo solo jamais havia oferecido uma única pepita, o maior exportador sul-americano do precioso minério. Os leitores da *Golden Press* certamente estariam mais interessados em saber como Richard Burton obteve os quarenta milhões de dólares pagos por uma pedra ofertada como presente de aniversário.

Instalei-me num hotel próximo ao Museu Britânico, comprei um vistoso mapa da Grã-Bretanha e preenchi ficha na mesma biblioteca em que Karl Marx escrevera *O capital*. Ali poderia consultar toda a filmografia de Richard Burton, bem como o que se escrevera sobre ele.

X

Ao fim de uma semana de pesquisas, já coletara um volume de informações sobre Burton que me intrigavam ainda mais. Filho de uma família de mineiros galeses, o ator nascera em Pontrhydyfen, a 10 de novembro de 1925, e recebera o mesmo nome do pai: Richard Walter Jenkins. Richard Burton seria pseudônimo artístico? De onde tirara este Burton? Órfão de mãe aos dois anos, Rich foi criado pela irmã Cecília, esposa de um mineiro, num padrão de vida bastante modesto, mas não a ponto de impedi-lo de estudar e dedicar-se a seu esporte predileto: o rúgbi. Com frequência ele ia a Cardiff assistir aos grandes jogos e sabia de cor a escalação de todos os times. Chegara mesmo a declarar que preferia ter defendido Gales no Cardiff Arms Park a representar *Hamlet* no Old Vic.

Sua estreia no palco deu-se na escola secundária de Port Talbot, onde fez o papel de Mr. Wanhatten na peça *O carro das maçãs*, de Bernard Shaw. Porém, no quinto ano, às vésperas de receber o diploma, viu-se obrigado a largar os estudos e empregar-se como balconista numa loja de armarinhos. Elfed, o marido de Cecília, perdera o emprego, e Rich impôs-se a exigência de ajudar em casa. Manteve-se, contudo, vinculado ao grupo de estudantes que, incentivado por Leo Lloyd, desejava fazer teatro. Numa adaptação para o palco de *Os miseráveis*, de Victor Hugo, Rich destacou-se no papel de conde.

Um ano e meio depois de ter largado a escola, foi rematriculado, graças à interferência do professor Meredith Jones, que dirigia o centro de juventude no qual funcionava o grupo de teatro. Jones incumbiu um professor amigo, Philip Burton, de ficar de olho em Rich.

Teria Philip Burton marcado tanto Rich que este decidira lhe tomar o sobrenome?

XI

As primeiras investigações conduziram-me a uma cilada. Aparentemente, justificavam-se os detalhes da biografia de Richard Burton. Porém, tal fachada serviria para encobrir uma bem arquitetada trama que explicaria a verdadeira razão por que Richard Walter Jenkins adotou o nome de Richard Burton e ganhou tanto dinheiro a ponto de pagar milhões de dólares por uma joia rara?

Aos dezesseis anos, Rich entregou-se às mãos de Philip Burton, convencido de que este poderia torná-lo um novo Owen Jones, que fizera o papel de Laerte quando Sir Laurence Olivier representou *Hamlet* no Old Vic. Fascinado pelo talento do jovem galês, Philip Burton tirou-o da casa da irmã e o instalou na pensão em que morava, em Port Talbot. À paixão pelo teatro somava-se, no professor Burton, seu complexo de Pigmaleão – a dedicação ao aprimoramento de promissoras vocações teatrais. Philip tinha trinta e oito anos, e os laços que se criaram entre ele e Rich permitiram que se tratassem de "pai" e "filho". Philip reeducou a dicção de seu "filho" e ensinou-o a falar em público, a gostar de poesia e a guardar de memória longos trechos de John Donne, Edward Thomas, Gerard Manley Hopkins, Shakespeare e Dylan Thomas. Durante a Segunda Guerra, conseguiu que Rich fosse admitido no Exeter College, em Oxford. Foi então que Philip Burton decidiu adotar Richard Walter Jenkins, cujo legítimo pai permanecia vivo. Rich consentiu e obteve a aprovação do velho mineiro Richard Walter Jenkins. O documento reza que o jovem Richard Walter Jenkins Júnior "renunciará totalmente ao sobrenome do pai e abandonará seu uso, adotando o sobrenome do tutor, e será apresentado ao mundo e tratado, em todos os aspectos, como se fosse de fato o filho do adotante."

O jovem Richard Walter Jenkins tornou-se, até a morte, Richard Burton. Na aparência, uma simples adoção provocada pela profunda empatia entre dois homens de talento.

XII

Ocorre que, como se sabe, o ator Richard Burton não foi, de fato, o único Richard Burton. Havia aquele outro, o aventureiro que meu avô anfitriou na mina de Morro Velho.

A descoberta deste detalhe e a investigação sobre a compra do diamante levaram-me a pedir à *Golden Press* conceder-me mais tempo na Grã-Bretanha para poder encontrar as peças que faltavam ao quebra-cabeça. Só assim seria possível explicar a origem da fortuna em dólares.

XIII

17, Charterhouse Street, Londres. Todas as segundas-feiras, de cinco em cinco semanas, uma dúzia de clientes ingressava no luxuoso edifício e um deles enfiava um cartão de plástico na pequena garganta de uma porta eletrônica. O cartão acionava o sistema de som que pedia:

– Senha, por favor.

– Kimberley, number 666-4.

Ao se abrir, a porta recolhia seus grossos dentes blindados. Ao passarem, os clientes ignoravam o circuito fechado de TV que os controlava e os espelhos magnéticos feitos para captarem exatamente o que traziam em suas pastas e bolsos.

Ali funcionava o escritório inglês da maior empresa de comercialização de diamantes do mundo: a De Beers Consolidated Mines Ltd., com sede na África do Sul. Porém, suas atividades, que não brilhavam tanto quanto seu produto, estendiam-se por toda parte onde houvesse diamantes: Botswana, Zaire ou Austrália. E seus escritórios de representação eram encontrados na Suíça, em Liechtenstein, em Luxemburgo e nas Bermudas.

Fundada no século XIX pelo colonizador inglês Cecil Rhodes, cem anos depois a De Beers permanecia em mãos da família sul-africana Oppenheimer. O nome da empresa é uma homenagem a Nicolas De Beer, dono da fazenda da África do Sul na qual, em 1871, se descobriu uma fantástica jazida de diamantes. Na segunda metade do século XX, de cada dez diamantes brutos extraídos no mundo, quatro ficavam em mãos da De Beers. E mais de oitenta por cento das pedras vendidas eram fornecidas pelo setor africano da empresa.

A De Beers controlava, soberana e impune, todo o comércio internacional de diamantes. Todos os que se dedicavam a qualquer tipo de atividade que envolvesse essa preciosa pedrinha – que, lapidada e polida, brilha em anéis, brincos, pulseiras, colares, diademas, broches e coroas – estavam sujeitos às determinações da empresa. Ela decidia cada preço.

Naquela segunda-feira celebrava-se mais um *sight*: a cerimônia que se repetia dez vezes por ano a convite da Central Selling Organization – conhecida por CSO – controlada pelo coração da De Beers, a Diamond Trading Company. Na confortável sala de sofás recobertos por pele de antílopes, afundavam-se negociantes vindos de Bombaim, Nova York, Tel Aviv e Antuérpia, os mais importantes centros de revenda e lapidação do mundo. Naquela manhã, iria se discutir ali uma transação muito especial. O ator Richard Burton queria comprar um dos mais caros diamantes do mundo disponível no mercado. Sabiam que ele estava casado com Elizabeth Taylor e que sua mulher apreciava joias caras e raras.

Os *sightholders*, como eram conhecidos os raros membros daquela estranha família, tinham que usar de toda a sua habilidade para negociar com o ator, homem de raciocínio rápido capaz de tirar proveito de uma palavra inadequada proferida pelo interlocutor.

XIV

Acompanhado por um *broker* – como eram chamados os cinco corretores da De Beers – Richard Burton ingressou naquele misterioso templo. Levado a uma das quarenta salas da CSO, sentou-se de frente para uma pequena mesa levemente inclinada em direção a seus joelhos e sobre a qual havia uma delicada saliência. O *broker* calçou ali uma caixa de papelão castanho, do tamanho de uma embalagem de sapatos, e destampou-a. Dentro de saquinhos de pano e envelopes de papel branco, que ele abria como um cirurgião manipularia os órgãos de um paciente, havia um lote de diamantes brutos misturados a algumas pedras de alto valor. O *broker* advertiu-lhe:

– Mister Burton, o senhor pode examiná-las e testá-las, mas não há como escolhê-las. Deve aceitar a caixa como está. Ou desistir da transação.

Burton teve um sentimento de quem escolhe uma morada no céu, sabendo que a compra assegura a salvação e, ao mesmo tempo, o aproxima do espectro da morte.

– Qual o valor da caixa? – indagou.

– Esta é barata, dois milhões de dólares. A mais cara custa vinte e cinco milhões de dólares.

Numa segunda-feira como aquela a CSO chegava a faturar cerca de quatrocentos e cinquenta milhões de dólares. Cada caixa era vendida à vista e paga integralmente, através de dinheiro, cheque ou cartão de crédito.

O segredo da De Beers residia no controle absoluto da oferta e da procura de diamantes. Se uma determinada qualidade tornava-se muito cobiçada, a empresa reduzia sua circulação, deixava-a "congelada" em seus cofres. Assim, impedia a queda dos preços. Se houvesse livre concorrência, possivelmente os diamantes custariam a metade do preço. A empresa chegava inclusive a recomprar pedras para retirá-las do mercado e assegurar assim o seu valor, como fizera com o *Belo horizonte*. O importante era garantir que, em todo o mundo, a comercialização de diamantes tivesse um único canal: a De Beers. Não havia um diamante lapidado no planeta que a empresa não soubesse exatamente por quem foi vendido, a quem, por quanto e quando. E controlava todos os lapidadores com pretensão de formar estoques próprios. Apenas em publicidade investia, por ano, em todo o mundo, cento e cinquenta milhões de dólares. Desde 1938, mantinha o slogan publicitário criado pela agência Ayer Inc., de Nova York: *A Diamond is forever* (Um diamante é para sempre). Talvez a única concorrência publicitária tenha sido a canção interpretada por Marilyn Monroe no filme *Os homens preferem as loiras – Diamonds are a girl's best friends* (Os diamantes são os melhores amigos de uma garota).

XV

Burton rejeitou a caixa e descreveu com precisão a mercadoria de seu interesse:

— Quero uma pedra sem nenhuma inclusão visível de carbono, para não causar a menor obstrução ao percurso da luz. A coloração deve ser extremamente pura. O corte, de proporções ideais, de modo a refletir o máximo de luminosidade.

— Pelo que ouço — reagiu o *broker* — o senhor quer, nada mais, nada menos do que o *Belo horizonte*, que pesa, lapidado, cento e vinte e oito quilates e tem uma coloração azulada?

— Exatamente, pois combina com os olhos de minha mulher — confirmou o ator. — E sei que pertencia à casa real portuguesa. Aguça-me, porém, a curiosidade saber como veio parar em mãos da De Beers.

— Isso não constitui nenhum segredo, mister Burton. O diamante foi vendido no início do século XIX para ajudar a custear a fuga de Dom João VI e de sua corte para o Brasil, ao se sentirem ameaçados pelas tropas de Napoleão.

— E quanto devo pagar por ele?

— Quarenta milhões de dólares.

— Não tenho toda esta fortuna — confessou Burton —, a menos que vendesse todas as minhas propriedades e obras de arte. Mas posso pagar a metade. Para cobrir o restante, ofereço à De Beers um documento raro.

Burton puxou da pasta um antiquíssimo cilindro de couro. Destampou-o, retirou um canudo de papel amarelado, desenrolou-o com cuidado e exibiu-o. O vendedor fez uma expressão de espanto, levantou-se, pediu ao cliente aguardar um momento e retornou, pouco depois, em companhia do diretor-geral da De Beers. Este se curvou sobre o papel e, com uma espessa lente, examinou-o como se decifrasse os hieróglifos de um pergaminho.

— É o *Mapa Brazil* da Saint-John — disse o ator. — Vale vinte milhões de dólares.

— Se me permite também uma curiosidade — indagou o diretor —, posso saber como esta raridade chegou às suas mãos?

— Isso é uma longa história que envolve uma família do Brasil — esquivou-se Burton —, e tenho pressa. Mas meus advogados lhe darão os documentos comprobatórios de que sou o legítimo proprietário.

O negócio foi fechado.

Burton deixou o local e refugiou-se num *pub* de Covent Garden, onde comemorou a transação em companhia de seus advogados. Em menos de uma hora esvaziou, sozinho, uma garrafa de gim.

XVI

Richard Burton não quis revelar aos homens da De Beers que seu tutor, Philip Burton, era neto de um aventureiro inglês do século XIX, que fora diplomata, escritor e, como viajante, adorava explorar terras inóspitas e colecionar peças e documentos raros. Chamava-se Richard Burton, nascera em 1821, em Torquay, e morrera em 1890, em Trieste, após visitar os cinco continentes. Entre os dois Richard Burton havia em comum o amor aos clássicos da literatura e o irresistível prazer de esvaziar copos repletos de substâncias etílicas. Há um século o primeiro Burton adquirira de meu avô, na mina do Morro Velho, o cartucho com o meio mapa e o confiara, na Inglaterra, à Confraria Saint-John.

Richard Burton, o ator, sabia que a De Beers possuía a outra metade do mapa, mas ignorava que nela estava escrito ... *at the 11th parallel in the Amazon forest* (no Paralelo 11, na selva amazônica).

XVII

Tomei o avião de volta ao Brasil e, ao desembarcar em Belo Horizonte, fui direto à redação. A secretária olhou-me espavorida, como se presenciasse a brusca entrada de um intruso:

– Preciso falar agora com o editor-chefe.

– Mas... ele está em reunião. Quer que eu o avise quando terminar?

Meti a mão na maçaneta sem dar resposta e surpreendi toda a direção editorial da *Golden Press;* preparava-se a pauta da semana. Fui direto ao assunto:

– O diamante que Richard Burton deu de presente à Elizabeth Taylor foi encontrado em Minas Gerais, por Bernardo da Fonseca Lobo, no século XVIII.

– No Brasil? – indagou o editor surpreso.

– E o mais surpreendente: tem a ver com a história de minha família – frisei ao tomar assento.

– Explique melhor – disse o editor ao estender-me um café.

– Há na Grã-Bretanha uma antiga e misteriosa confraria de mineiros, a Saint-John. Seus poucos membros fazem pacto de absoluto segredo. Uma das regras reza que cada confrade iniciará um de seus filhos para o suceder na Saint-John. O filho iniciado fica obrigado a repetir a trajetória do pai: casar entre mineiros e dedicar-se à interpretação dos velhos mapas de tesouros escondidos, de modo a permitir o resgate pela Saint-John.

– Ok, amigo, mas o que isso tem a ver com Richard Burton e Elizabeth Taylor? – indagou o editor.

– Calma, chegarei lá. Richard Burton era filho de um trabalhador em minas de carvão de Gales. Tudo indica que seu pai nunca pertenceu à Saint-John. Porém, Philip Burton, também filho de mineiro, sucedeu o pai na confraria, embora ele mesmo não tivesse continuado a trabalhar nas minas. Contudo, as regras da Saint-John exigiam que ele transferisse a um herdeiro o lugar que ocupava naquela clandestina associação e os segredos que detinha. Como não tinha filhos, adotou Richard Walter Jenkins e mudou o nome deste para Richard Burton.

– E deixou-lhe de herança quarenta milhões de dólares? – caçoou o editor.

– De certo modo, sim – assenti. – Deixou-lhe o mapa que o avô dele, Richard Burton, comprou do meu, sem que ainda tivesse sido decifrado. O avô, um explorador britânico que dominava vários idiomas, no século XIX veio parar na mina de Morro Velho, que pertencia a uma subsidiária da Saint-John, a Saint John Del Rey Mining Company. Ali conheceu meu avô e dele adquiriu o mapa parcial de jazidas de diamantes entregue ao mais remoto dos meus antepassados por um oficial inglês assassinado no cais de Salvador, em meados do século XVI. Trata-se de um pedaço de papel com desenhos inconclusos na parte de baixo, onde figura uma frase incompleta: *Inexhaustible sources of wealth are to be found...* Obtive uma cópia do original que circulou entre os membros da Saint-John; coincide com o que descreveram meus ancestrais, inclusive na incompletude, o que jamais permitiu aos Arienim alcançar a chave capaz de decifrá-lo. Tudo indica que a Saint-John sabia que a outra metade do mapa – na qual está escrito *... at the 11th parallel in the Amazon forest* – se encontra em poder da De Beers.

– Parabéns, Guto – disse o editor-chefe. – Agora se plante à máquina de escrever e me conte a história de sua família.

XVIII

Decifrado o enigma do mapa, não demorou muito para a De Beers recrutar pobres garimpeiros no interior de Rondônia, em plena região amazônica, e invadir as terras dos índios cinta-larga. Os nativos reagiram durante anos, impedindo a empresa de explorar as jazidas de forma regular.

Em meados do século XX, a De Beers vendeu a lavra a uma empresa mineradora com sede em Minas Gerais, que optou pela solução final, convencida de que só teria acesso aos diamantes se eliminasse os cinta-larga. Do alto de um aeroplano, lançaram dinamites sobre a aldeia. O genocídio custou a vida de centenas de índios. Ficou conhecido como *Massacre do Paralelo 11*. E nunca mais saiu da memória dos sobreviventes.

Quarenta e um anos depois, os cinta-larga se consideraram em número suficiente para, de novo, expulsar os invasores de suas terras. Atacaram os garimpeiros, desta vez com bordunas, flechas e o que tomaram de suas vítimas: machados e armas de fogo. Cerca de trinta garimpeiros foram massacrados.

O brilho do sangue derramado não se refletiu nas salas de Charterhouse Street, nem causaram obstrução ao percurso da luz.

Epílogo

Antes de dar por encerrada a narrativa da saga dos Arienim, deixei o jornalismo e requeri aposentadoria por recomendação médica, devido a problemas cardíacos herdados de meu pai. A convite de Tarquínio José Barbosa de Oliveira, instalei-me na Fazenda do Manso, próxima a Ouro Preto, e me dediquei a pesquisar a história de Minas Gerais. Entre os papéis deixados por meu pai encontrei documentos concernentes à nossa árvore genealógica. Contudo, foram os episódios contados por ele e a pesquisa a respeito de Richard Burton que me serviram de fio de Ariadne. Assim, ao longo do tempo garimpei a memória de modo a registrar esses apontamentos. Torna-se indelével o que a letra do afeto grava no coração.

Talvez outros Arienim tenham vivido, mundo afora, episódios mais interessantes do que os condensados neste relato. Mas com certeza suas existências não coincidiram com fatos e personagens tão significativos da história de Minas Gerais.

Dou ciência de que Minas é também um estado de espírito. Pode-se ser mineiro sem ter nascido aqui. Basta manter acesa a desconfiança de que abaixo da superfície alcançada por nossas vistas ou por dentro das situações que nos costumam a vida se escondem preciosos tesouros.

Tenho para mim que meus antepassados, todos que constituíram elos dessa narrativa, encontraram sim um tesouro: as Minas Gerais. Não importa que o local apontado pelo mapa *Brazil* – Rondônia – esteja geograficamente distante de Minas. Lá também vivem conterrâneos meus. E mineiro, como observou o poeta, sai de Minas sem que nunca Minas saia dele. Em qualquer pétala da Rosa dos Ventos instalam-se Minas, a mineirice, a mineiridade, se há, como é frequente em minha casa, uma roda de conversa solta, a língua perdulária destravada a goles de cachaça, os causos de antanho, a nostalgia da estrada de ferro, o cheiro de vela e incenso, o apetite por feijão tropeiro ou angu com quiabo, o sono acalentado pela serenata, a fala a engolir sílabas, a emoção condensada em interjeições simplórias.

Sou o último dos Arienim. Ao futuro lego apenas meu passado. Dito assim, como nos entrelaços desses apontamentos, tudo se faz permanentemente presente. Porque as pessoas não são feitas apenas de corpo e alma. São feitas sobretudo de histórias.

fim

Este livro foi impresso na Editora JPA Ltda.
Av. Brasil, 10.600 – Rio de Janeiro – RJ
para a Editora Rocco Ltda.